Eva Kapsammer

Vor der gläsernen Tür

Arovell Verlag Wien Gosau 2018

Eva Kapsammer
Vor der gläsernen Tür
ISBN 978-3-903189-25-6
Arovell Verlag Wien Gosau 2018
office@arovell.at
www.arovell.at

Coverbild: istockphoto.com/beest

Portraitbild: Barbara Ziegelböck

Die Bücher des Arovell Verlags werden aus Mitteln des Bundeskanzleramtes Österreich sowie der Landeskulturämter gefördert.

1936: Zwanzig!

„Ihr werdet doch nicht heimgehen wollen! Jetzt geht's erst richtig los!", rief die junge Frau ihren Freunden zu und setzte zu einem neuen Lied an. Sogleich stimmten alle mit ein und tatsächlich – die Aufbrechenden zögerten und wandten sich wieder der singenden Gesellschaft zu. Die Truppe junger Leute saß in der Stube ihrer Eltern und feierte Geburtstag – Zwanzig! Die Gefeierte warf ihre dunklen langen Locken, die ihr beim Spielen der Gitarre ständig ins Gesicht fielen, mit einer eleganten und geschmeidigen Kopfbewegung zurück und blinzelte strahlend in die Runde – spürend, wie sehr sie bewundert wurde. Die Männer lagen ihr zu Füßen und die jungen Freundinnen beneideten sie um ihre Schönheit und ihre Talente.

„Prost! Auf dich!", riefen sie und hoben ihre Gläser. Sie richtete sich auf, schenkte jedem einen kurzen Blick und rief: „Kennt ihr den Unterschied zwischen der Butter und einem Mädchen?" Alle Augen hingen an ihr, sie schüttelten ihre Köpfe. „Die Butter wird ranzig – ein Mädchen wird zwanzig!" Gelächter, Jubel, Prost und neidvolle Abschätzigkeit: „Ja ja wir wissen es schon …", grollte eine der Freundinnen lautlos. Dann nahm sie das Glas und prostete süßsäuerlich lächelnd mit.

Das Geburtstagskind indes genoss seine Aufmerksamkeit in vollen Zügen. Die Zwanzigjährige trug ein hübsches weißes Kleid, das sie extra für diesen Anlass und – wie sie dachte – für viele weitere bei der Schneiderin im Ort anfertigen ließ. Es brachte ihre weibliche Ausstrahlung voll zur Geltung. Puffärmel setzten modische Akzente, vorne war das Oberteil mit Stehkragen bis zum Bund zugeknöpft, in der Taille betonte ein Gürtel und ein weiter schwingender Rock ihre Formen. Sie war nicht mager, aber wohl proportioniert und stolz auf ihr gelungenes Erscheinungsbild. Als die Menge wieder unaufmerksam wurde und zu plaudern und lachen begann, griff sie kurzerhand zur Gitarre, hielt sie locker am oberen Schaft, strich über alle Saiten und pendelte das Instrument, sodass es wie Glockenklang tönte. Alle Aufmerksamkeit war wieder bei ihr. Nun setzte sie zu ihrer Rede an. Diese war ja der Sinn, der eigentliche Höhepunkt, des heutigen Abends:

„Liebe Freunde!", begann sie mit fester Stimme: „Wie schön, dass wir heute hier beisammen sind, ich freue mich über jeden von euch! 20 Jahre ist schon ein aufregendes Alter, sag ich euch! Das Leben liegt vor mir – vor uns allen – und ich habe so viele Träume!", sinnierte sie, während ihr Kopf sich zur Seite neigte und ihr Oberkörper hin und her pendelte. „Wovon träumt ihr? Du, Bertl oder Du, Martha, was wollt ihr vom Leben?", fragte sie. Die Angesprochenen grinsten etwas überrascht und noch während sie nachdachten, eröffnete ihnen die junge Frau ihre eigenen Gedanken: „Ich möchte einmal auf der Bühne stehen, Schauspielerin oder Sängerin werden. Oder beides! Was glaubt ihr – schaffe ich das?", fragte sie selbstbewusst in die Runde und prompt hoben alle ihre Gläser und riefen ihr zu: „Ja! Du schaffst das!" „Wenn nicht du, wer dann?!", rief einer zustimmend. Sie hob ihre Hände, klatschte einen Rhythmus, drehte sich mit wiegenden Hüften im Kreis und lachte: „Danke ihr Lieben, mit eurer Hilfe werde ich alles schaffen! Auf Euch!", rief sie und erhob ihr Glas: „Prost!"

Die jungen Freundinnen und Freunde nippten an ihren Gläsern. Manche wurden sich voller Scham ihres eigenen Lebensweges bewusst, der wohl recht klar vor ihnen lag: Als Handwerker vielleicht oder Kaufmann hatten die meisten Burschen schon die Richtung eingeschlagen. Die Mädchen waren Tippsen oder Haushaltshilfen und träumten am ehesten von einer Karriere in der Familie. „Wie schrecklich normal", überlegte Martha, die beste Freundin des Geburtstagskindes: „Aber trotzdem schön. Einen Mann, den ich verwöhnen darf und liebe Kinder …" Martha lächelte zufrieden in sich hinein und träumte von ihrem gerade aktuellen Schwarm.

Nach einer vielversprechenden Pause raunte die Rednerin und angehende Berühmtheit verführerisch in die Stille: „Wer von euch möchte mich begleiten? Mit einem Cello vielleicht oder einer Fiedel?“ Ihr Blick wanderte an das untere Tischende. Dort saß ein junger Mann namens Max. Aus dem Augenwinkel beobachtete sie ihn, der prompt errötete. Die Menge grölte, einige stießen Max in die Seite: „Hast du gehört? Na wenn das kein Angebot ist!“ Manche Burschen nahmen einen großen Schluck und kämpften still gegen aufkommende Neidgefühle.

Sie lächelte. Ihre Mission für diesen Abend war erfüllt. Sie hatte Max Haager, den Cellisten, auf sich aufmerksam gemacht. Max war Musiker und sie bewunderte ihn sehr. Es gefiel ihr, wie feinsinnig und talentiert er war. Sie war überzeugt, dass ihm eine große Karriere bevorstand. Nun musste der Angesprochene den nächsten Schritt machen. Aufgeregt beobachtete sie seine Reaktion: Er lächelte ein bisschen verkrampft. Er war zwar Musiker, aber bei weitem nicht so selbstbewusst wie das Geburtstagskind. Sein Charakter war von stillerer Natur, etwas schüchtern sogar. Auch wenn er stolz auf sein Talent und seine Leistungen sein durfte – schließlich spielte er in einem berühmten Streichorchester in der Landeshauptstadt – so ließ er sich das nicht anmerken. Max Haager war ein besonnener, freundlicher und fast unscheinbarer Mensch. Sie wären schon ein besonderes Duo, überlegte Martha im Stillen, die „femme fatale“ und der „stille Genius“.

Nun der Gemeinte freute sich über ihr Ansinnen, obwohl er nicht recht wusste, wie er es deuten sollte. So ging er den sichersten Weg, nahm ihre Ansage wörtlich und fragte vorsichtig: „Zu welchem Lied soll ich dich denn begleiten – wenn schon nicht mit dem Cello, aber meine Fiedel hätt’ ich mit?“
„Was du dir wünschst“, schäkerte sie sogleich. Er überlegte kurz. „Kennst du das Lied von der Forelle? Von Schubert?“
„Ja natürlich!“

Er stand auf, griff nach seiner Fiedel, setzte sie langsam an und begann zu spielen. Nach einem kurzen Vorspiel setzte sie ein:

„In einem Bächlein helle, da schoss in froher Eil, die launische Forelle vorüber wie ein Pfeil …“ Max fiedelte konzentriert weiter, obwohl ihn ihre Stimme fast aus dem Takt gebracht hätte. Sie hatte einen wunderschönen Alt. „Faszinierend“, dachte er beeindruckt. Die Violine hielt sich fein im Hintergrund, unterstrich aber ihren Gesang auf wunderbare Weise. Sie liebte es sich diesem Lied hinzugeben und ließ sich von der Musik treiben, als wäre sie ein sprudelnder Bach. Max staunte mehr und mehr über ihr Können, sie sang nicht nur – sie lebte es! „Ich stand an dem Gestade und sah in süßer Ruh des muntern Fischlein's Bade im klaren Bächlein zu.“

Die Truppe war mittlerweile völlig im Bann der Darbietung: „Ein Fischer mit der Rute wohl an dem Ufer stand und sah mit kaltem Blute, wie sich das Fischlein wand.“ Textsicher setzte sie fort: „So lang dem Wasser helle, so dacht' ich, nicht gebricht, so fängt er die Forelle mit seiner Angel nicht.“

Max setzte zu einem Zwischenspiel an, die beiden tauschten einen tiefen Blick. Sie wiegte sich und fuhr schließlich fort, indem sie sich nach vorbeugte und drohend den Zeigefinger hob – ihr Gesicht drückte die drohende Gefahr aus: „Doch endlich ward dem Diebe die Zeit, die Zeit zu lang. Er macht das Bächlein trübe: und eh ich es gedacht: So zuckte seine Rute, das Fischlein zappelt dran, und ich mit regem Blute sah die Betrog'ne an.“ Wiederholung, kurzes Nachspiel, erneut tiefer Blick … Beide nahmen einen tiefen Atemzug.

Kurz war alles ruhig – die Welt schien an diesem frühlinghaften Abend des 21. Mai 1936 stillzustehen. Auch sie schien im Bann des eben Gehörten. Bis plötzlich donnernder Applaus losbrach und die Welt sich wieder drehte. Die jungen Leute erhoben sich und jubelten den beiden zu! Die einen freuten sich mit ihrer Freundin und dem Freund über deren Talente und waren dankbar für diese bezaubernde Darbietung, andere missgönnten ihnen den Erfolg und waren neidisch – vor allem auf die junge Frau – auf ihr Talent gleichermaßen wie auf ihren Mut und ihr Selbstbewusstsein. Beifall kam von allen. „Menschenskind!", rief Otto: „Du bist ja wirklich gut!" „Umwerfend", riefen sie und „Ich bin ganz weg, wie schön!" „Mehr, mehr!", forderte die Runde. Sie nahm lachend wieder ihre Gitarre zur Hand und stimmte ein neues Lied an: „Lustig ist das Zigeunerleben!" und alle sangen mit. Alle schunkelten mit. Während Max sich eingehängt zwischen zwei seiner Freunde wiederfand, beobachtete er irritiert seine Sangespartnerin und fragte sich, was da gerade mit ihm passiert war. Er war zweiundzwanzig, doch so etwas – wie sollte er es beschreiben: so etwas Wundersames, Schönes und doch Beängstigendes – war ihm noch nie widerfahren.

Dieser Abend endete mit viel Gesang und Gelächter. Max, der stets zur Gastgeberin lugte, wurde keines Blickes mehr gewürdigt. Das verwirrte ihn nun noch mehr. Mit jedem missglückten Versuch, ein Lächeln oder einen ähnlich langen und tiefen Blick wie vorhin – oder zumindest überhaupt einen Blick – zu erhaschen, wurde er nervöser und sein Interesse an ihr wuchs. Als sich schließlich alle verabschiedeten, nahm er ihre Hand und schaute sie fragend an. Endlich – sie lächelte: „Auf Wiedersehen Max, und Danke!" Teil zwei ihrer Mission schien erfüllt: Sie hatte es geschafft, den jungen Musiker zu verwirren – und vielleicht sogar mehr. Mal sehen, was die nächsten Tage bringen …

„›Auf Wiedersehen Max und Danke‹ Ist das alles?", fragte sich der Cellist, während er in dieser Mainacht nach Hause radelte. Da war doch noch so viel mehr zu spüren, wie hat sie das alles nur gemeint? Während er in die Pedale trat, wurde seine Liste an Fragen immer größer – ohne jede Aussicht auf Beantwortung. Frauen sind ein Rätsel. Sie ist ein Rätsel! Die Sehnsucht nach dieser schönen temperamentvollen Frau mit der wohlklingenden Stimme war geweckt, steigerte sich mit jedem Tritt in die Pedale, mit jeder ungeschlafenen Minute, die er anschließend mit offenen Augen in die Dunkelheit seiner Kammer stierend zubrachte, in ungeahnte Sphären und sie verstörte ihn.

Das Jahr 1936 war für das Geburtstagskind Apollonia – der Bäckerstochter aus der Kleinstadt – ein wechselvolles, verwirrendes, aufregendes und verheißungsvolles Jahr. Sie nahm sie fröhlich, selbstbewusst und neugierig auf – die Gaben dieses Jahres und war gespannt und voll großer Erwartungen auf alle weiteren, die das Leben ihr wohl noch gewähren würde.

Schon im Februar hielt das Jahr ein Geschenk für die Familie bereit: Walter kam zur Welt – der Nachzügler, der letzte Spross der Familie Weininger, der drollige kleine Bruder. Die große Schwester war entzückt und wenn sie es einrichten konnte, half sie ihrer Mutter … ein bisschen … wenn sie es eben einrichten konnte und wenn ihr erfülltes junges Leben es ihr gerade erlaubte. Dann ließ sie den kleinen Walter warm einpacken und spazierte mit dem Kinderwagen durch die Stadt. Ein Vergnügen für die große Schwester!

Vor der Geburt Walters bestand die Familie Weininger aus Apollonias zwei Jahre älterem Halbbruder Franz und ihrer vier Jahre jüngeren Schwester Maria. Zwischen dem Jüngsten der Familie Walter und Maria lagen 16 Jahre. Das gab Anlass zum Tuscheln: „Ein Wechselkind“, flüsterten sich die Leute zu: „In dem Alter noch ein Kind!“ Seine Mutter war bereits 44. Passiert oder erwünscht? Niemand erfuhr es, darüber wurde nicht gesprochen.

Wie über so vieles nicht. Auch über den Tod und das Leben der anderen Geschwister wurde nicht gesprochen, jener kleinen Brüder, die zwischen Maria und Walter kurz diese Welt besucht hatten. Sie bekamen in den Familienerzählungen keine Erwähnung mehr. Die Familie schwieg.

In den Jahren 1923, 1925 und 1929 kamen Karli, Seppi und Rudi zur Welt. Keiner von ihnen wurde älter als fünf Jahre: Seppi überlebte sein erstes Monat nicht. Rudi starb, ebenfalls als Kleinkind, an Diphtherie und Karli starb mit fünf Jahren, nachdem er sich beim Eislaufen durch einen Sturz tödlich verletzt hatte. Erschütternde Erfahrungen, doch das Leben ging weiter. Die Familie verstaute die traurigen Erlebnisse tief in ihrer Familienseele und ließ niemanden an dieses Versteck heran, auch ihre Mitglieder nicht.

Und beinahe hätte die junge Frau ihre verstorbenen Brüder vergessen, beinahe … Manchmal an jenen ereignisreichen Tagen ihrer Jugend schreckte sie beim Einschlafen auf und zermarterte sich den Kopf: „Hab heute gar nicht an Euch gedacht. Wie seht Ihr noch gleich aus? Seppi, von Dir weiß ich nur, dass Du in Deinem eng geschnürten Wickelpolster fast verschwunden warst. Und Karli, Du warst so blass, so furchtbar blass … Und Rudi? Dein dünnes Gesichtchen seh' ich noch vor mir, aber so undeutlich, so unklar. Ich möcht's festhalten, fest halten …, aber es entgleitet mir. Die Erinnerung verflüchtigt sich. Ich habe solche Angst, euch zu vergessen!" Sie versuchte fieberhaft ihre Unruhe zu verscheuchen um endlich einzuschlafen. Manchmal waren die Nächte oder vielmehr der ereignisreiche Alltag gnädig und ließen sie zur Ruhe kommen und langsam schwanden die Gedanken an ihre verstorbenen Brüder und die Erinnerung an sie verblasste tatsächlich mehr und mehr.

Und nun war wieder ein kleiner Bruder da. Wie süß! Sie liebte den kleinen Walter auf Anhieb und wollte auch bald eine Art Mutter für ihn werden, hatte doch seine echte Mama wenig Zeit. Als Geschäftsfrau stand „Mama" von früh bis spät in der Bäckerei und musste nebenbei auch eine kleine Landwirtschaft und den Haushalt führen.

Die große Schwester genoss es wie eine wunderbare Theaterrolle, Mutter spielen zu dürfen, wenn sie mit ihrem kleinen Bruder im Kinderwagen durch die Kleinstadt spazierte. Sie wusste welchen Eindruck sie machte. Aufrecht und stolz, mit einem Lächeln und strahlenden Augen, schritt sie entlang des Baches kaiserlich am sogenannten „Kaiserpfad". „Sie sind aber eine junge Mutter!", wurde sie bewundert. „Ach nein? Die Schwester? Na so was …“ Es gefiel ihr für Verwirrung zu sorgen und sie war unendlich stolz auf dieses Baby, das ihr diese herrliche Rolle verschaffte. Eine Rolle, die sie brillant auszufüllen verstand.

Der 22. Mai 1936, der Tag nach Apollonias rauschendem Geburtstagsfest, begann allerdings äußerst qualvoll. Ihr war übel. „Ist das dieser Zustand, den die Leute Kater nennen?“, fragte sie sich: „Dann ist das ja furchtbar! Nie wieder trinke ich ein Glas Wein. Nie wieder!“, schwor sie sich.

Nachdem sie ein paar Mal erbrochen hatte, wankte sie wieder zurück in ihr Bett. „Jetzt wird es wohl wieder besser werden!“, sprach sie sich Mut zu und versuchte zu schlafen. Doch die Erholung währte nur kurz, bald wurde sie von unerträglichen Bauchkrämpfen geweckt. Sie war inzwischen leichenblass und schrie vor Schmerzen.
„Um Gottes Willen, Kind, was ist mit dir?!“, rief ihre Mutter verzweifelt, die, von ihren Schreien getrieben, herbeieilte.
„Los, Maria, hol den Vater!“ Maria, Apollonias jüngere Schwester, die gestern nicht mitfeiern durfte und daher einen Groll gegen ihre große Schwester hegte, trottete nach unten in die Backstube.
„Vater, der Apollonia geht’s nicht gut.“, rief sie emotionslos.

Der Vater erschrak, band sich den Schurz von seinem dicken Leib und eilte laut schnaufend, so schnell er konnte, in die kleine Kammer seiner Tochter. Mit einem Blick war ihm klar, dass sie eine Kolik hatte.
„Los Maria, hol den Doktor Teufl!“, rief er und wieder musste sich die Jüngere auf den Weg in die nicht weit entfernte Ordination machen. Der Doktor kam umgehend, betrachtete die sich krümmende Frau, tastete ihren Bauch ab, worauf diese Schmerzensschreie von sich stieß und gab ihr schließlich eine Spritze gegen die Krämpfe.

„Ich nehme an, sie hat eine Entzündung im Darm", erklärte er: „Das muss im Krankenhaus angeschaut werden. Holt's die Rettung!"

Kurze Zeit später erfolgte ihre erste Operation am Darm. Die junge Frau musste einige Wochen im Krankenhaus bleiben und auch anschließend konnte sie ihrer Arbeit als Stenotypistin in der Handelskammer lange Zeit nicht nachgehen. Sie blieb zuhause um sich zu erholen. Die umsichtige Pflege ihrer Mama, die nun neben Geschäft, Haushalt und Baby, auch die große Tochter zu betreuen hatte, tat ihr gut. Maria allerdings musste nun dort aushelfen, wo Mama durch die Pflege verhindert war.

In diesen Wochen war Apollonias verheißungsvolles Leben auf Eis gelegt. Ihre vielversprechenden Erfahrungen, ihre heißen Hoffnungen auf Liebe, Ruhm und Heiterkeit wurden jäh von einer schmerzhaften Wirklichkeit eingeholt. Es war, als ob ihr das Leben eine Verschnaufpause in jener überbordend jugendlich abenteuerlichen Zeit zugespielt hätte. Sie musste ruhig halten, musste Schmerzen erleiden, Medikamente einnehmen, um die Qualen zu lindern, sie musste Diät halten und sie musste sich erholen. Apollonia hatte Zeit nachzudenken. Vieles tauchte auf in diesen verlangsamten Wochen und nahm sich Raum und Zeit. Nächtelang lag sie wach und träumte ihr Leben, an dessen gute Gaben sie unbeirrt glaubte. So träumte sie sich auf die großen Bühnen dieser Welt. Sie spürte die Blicke der Menge auf sich gerichtet, nahm huldvoll Blumensträuße und Komplimente entgegen. Sie kostete ihre liebenswürdige Erscheinung voll aus, legte sich einen vornehmen Habitus zurecht, der jede ihrer Handlungen mit beeindruckender Eleganz unterstrich. Sie sah sich als Diva in ihrer Garderobe sitzen und ihren Text rezitieren. Presse und Publikum wären wohl unisono von diesem Talent, dieser wunderbaren Frau eingenommen. „Ach!", seufzte sie, erhob sich grazil von ihrem Bett, bereits übend, nahm Platz vor ihrem Spiegel und während sie aufrecht sitzend, in grazilen Bewegungen ihr Haar bürstete, sinnierte sie:

„Wie gerne würde ich Theater spielen! Gretchen in Goethes Faust oder Julia in Schillers Romeo und Julia … Oder ich würde singen“, träumte sie weiter, „mich selbst auf der Gitarre oder auf der Zither begleiten.“ Sie fantasierte sich in die Landeshauptstadt in einen Festsaal vor großem Publikum und vielleicht würde sie Max … Und da war er! Es traf sie wie ein Blitz: Max.
Sie hielt in der Bewegung inne und starrte sich selbst erstaunt an. „Warum macht mein Herz einen Hupfer?“, fragte sie sich verwundert. „Ach dieser Max, was soll ich denn mit ihm?“ Als würde sie sich selbst hintergehen, redete sie sich ein, dass er doch nur ein kleiner schüchterner Musiker sei und obendrein nicht einmal besonders fesch. Aber andererseits … Er interessierte sie, nicht umsonst hatte sie ihn eingeladen, mit ihr und ihren Freunden Geburtstag zu feiern. Und wenn sie an diesen tiefen langen Blick dachte, wurde ihr plötzlich ganz heiß.

An Einschlafen war bei solchen Empfindungen und Überlegungen nicht zu denken. Der wunderschöne Geburtstag kam ihr in den Sinn. Nun hatte sie Zeit, ihn nach allen Seiten zu überprüfen und vor ihrem inneren Bildschirm auszubreiten. Jedes Detail versuchte sie sich in Erinnerung zu rufen. Was haben sie alle gesagt? Wie haben sie ihr alle zugejubelt! Wie schön war doch dieses Gefühl, als sie dieses Lied gesungen hatte. Wunderschön …

Nein, an Einschlafen war wirklich nicht zu denken. Sie atmete schwer. Ach wie schön doch mein Leben ist und wenn diese Bauchschmerzen vorbei sind, wird alles wieder gut! „Vielleicht werden Max und ich uns wiedersehen?“ „Bestimmt“, sagte sie sich. Dann stand sie auf, ging zur Toilette, die sich im Innenhof neben dem Saustall befand, tapste wieder zurück in die Kammer und setzte sich vor ihren Spiegel. Lange betrachtete sie ihr Gesicht, war hier eine kleine Hautunreinheit, war sie blass? Sie betrachtete sich kritisch. Mit ihren Händen strich sie durch ihr langes dunkelbraunes Haar. War es ein bisschen stumpf geworden? Mit weiteren raschen und nervösen Bürstenstrichen versuchte sie ihre Haare wieder zum Glänzen zu bringen. „Hoffentlich werde ich bald wieder gesund!“, seufzte sie.

Sie legte die Bürste auf den kleinen Tisch vor dem Spiegel und kroch ins Bett. Während sie sich die Decke bis ans Kinn zog, kamen ihr all die wunderbaren Seiten ihres Lebens in den Sinn und voller Liebe und Dankbarkeit lächelte sie: „Wie süß doch der kleine Walti ist, fast so wie Karli, oder hatte der Rudi ihm ähnlich gesehen?“ Sie erschrak und unwillkürlich steckte sie ihren Kopf unter die Decke. Ihre Knie wanderten an ihren Oberkörper und mit ihren Armen umfasste sie ihren Kopf. Plötzlich waren die verstorbenen Brüder wieder da. Sie hatte den kleinen Rudolf vor sich: Mit seinen fieberglasigen Augen im Bett liegend, war er plötzlich so nah, als läge er neben ihr. Sie schauderte ob der Intensität ihrer Erinnerungen. Rasch drehte sie sich um, als könnte sie dadurch ihren belastenden Gedanken entrinnen. Umsonst. Schon baute sich ein unheimliches Gefühl in ihr auf. Es kroch direkt aus ihrem Bauch in ihr Herz, ihren Atem und schnürte ihr schließlich die Kehle zu. Angst. Es war Angst. Es war dieselbe Angst, derselbe Schrecken, der sie überfiel, als sie den gellenden Schrei ihrer Mutter hörte – nach jenem Sturz ihres Bruders auf dem Eis. „Ach Karli, hätte ich doch mehr auf dich aufgepasst!“ Ihr Bauch verkrampfte sich. Sie versuchte tief zu atmen, doch Übelkeit übermannte sie. Mit zittriger Hand griff sie nach ihren Tropfen und versuchte diese grässlichen Gefühle von Angst und Schuld wie einen lästigen Parasiten abzutöten. „Geht weg! Lasst mich in Ruh'!“ Sie heulte und jammerte, doch die Erinnerungen spulten sich wie ein Film vor ihr ab:

> *Winter 1928. Noch ist die Welt in Ordnung. Apollonia hat den Auftrag mit ihrem kleinen Bruder Karli an die frische Luft zu gehen. Für die Zwölfjährige keine attraktive Nachmittagsbeschäftigung, doch Maulen hilft nicht. Sie muss. Also wandern die beiden zum Bach, den seit einigen Tagen eine dicke Eisschicht bedeckt. Karli löst seine*

Hand aus der ihren und läuft auf das Eis. Die glatte Fläche lockt ihn, er schlifazt und holt mit seinen Ärmchen Schwung. Er freut sich und jubelt. Alles ist gut. Auch Apollonia vergisst ihren Groll und lässt sich vom blanken Eis verführen. Sie bewegt sich erst vorsichtig, schließlich immer mutiger am Eis und summt ein Lied, das sie in der Schule gelernt hat. Kälte und Bewegung tun den beiden gut. Sie lachen. Und laufen. Plötzlich verliert Karli sein Gleichgewicht. Er rudert und versucht aufrecht zu bleiben, aber vergeblich. Seine Beine brechen nach vorne aus, sein Oberkörper stürzt nach hinten – mit dem Hinterkopf prallt er auf das Eis. Seine Schwester ist rasch bei ihm. „Hast du dir wehgetan?", fragt sie besorgt. Karli fasst sich an den Hinterkopf und weint über seine Beule und den Schreck. Er ist ein bisschen taumelig, aber sonst scheint es ihm wieder gut zu gehen. Erleichtert gehen sie heim und legen sich schließlich schlafen. Am darauffolgenden Morgen wird sie von einem lang gezogenen Schrei ihrer Mutter geweckt. „Neeiiiin!" Sie läuft zu ihr. Karl sieht aus als schliefe er. Sie berührt seine Wangen und schreckt zurück. Sie sind eiskalt.

Filmriss.

Die Bilder verschwanden, das Grauen blieb … Erst allmählich, nach gefühlten Stunden wirkte die Medizin und Apollonia konnte endlich einschlafen.

Nacht für Nacht ereilte sie nun dieser Alptraum, der keiner war. Er war Realität, vergangene Realität. Und mit jeder Angstattacke verkrampfte sich ihr Bauch, sie musste erbrechen und ihre Eingeweide schmerzten. Doch sie erzählte niemandem, was die Nächte mit ihr machten.

So sehr sie ihre Gefühle verschwieg, so lauthals und umfassend beklagte sie ihre körperlichen Schmerzen. Allzu oft musste Maria ihre Wärmflasche neu befüllen oder ihr Tee bringen. Allzu oft musste Maria die Schreie und das Jammern ihrer leidenden Schwester mitanhören und allzu oft wurde sie darüber ärgerlich. „Was hat sie denn jetzt schon wieder?"

Mama wurde nie ärgerlich. Sie redete ihrer Großen gut zu und schalt die Jüngere, wenn diese sich beklagte. Warum hatte Mama diese große unendliche Geduld mit ihrer schwierigen exaltierten Tochter? Spürte sie instinktiv, dass ihre kranke Tochter eine größere Last mit sich herumschleppte, als sie zugeben wollte? Mama wollte nicht nachfragen. Sie wollte auch nicht wissen, warum sie nachts Schreie aus Apollonias Kammer hörte. Mama fühlte sich schuldig. Schuldig für das Leid ihrer gequälten Tochter. Schuldig sie nicht besser beschützt zu haben. Schuldig ihrer hochbegabten Tochter kein besseres Leben bieten zu können … So war die Mama zu knacken. Über Schuldgefühle. Apollonia hatte es bereits begriffen. So schlecht es ihr auch ging. Je größer das Theater war, das sie darum machte, umso mehr Zuwendung ihrer Mutter war ihr sicher – ohne je die wirklichen Probleme zu benennen. Die beiden schien ein unausgesprochenes Abkommen zu verbinden, das die Tochter brav einhielt. Nicht darüber reden. Zuwendung gegen Schweigen. Worüber auch sprechen? Und vor allem wozu auch? Was könnte es helfen? Apollonia glaubte nicht, dass jemand sie verstehen könnte. Zu groß war ihre Schuld. Damit war sie allein. Das musste sie alleine tragen. Sich schuldig zu fühlen kostete ihr unendlich viel Kraft. Die Schuld auszusprechen würde ihre Kräfte übersteigen, war sie überzeugt. Nicht auszudenken. Sie schämte sich zu sehr. Schuld, Scham und Angst ließen sie verbittern. „Ach lasst mich doch in Ruhe!", dachte Apollonia wütend. Wer genau sie in Ruhe lassen sollte, wusste sie selbst nicht in diesem Augenblick, aber sie nützte die Wut, um von diesen grässlichen Gefühlen abzulenken: „Maria, wo bleibt der Tee?", schrie sie hysterisch. Als Maria kam, beladen mit einer Kanne Tee und Zwieback, tat es ihr schon fast wieder leid. Sie wollte sich entschuldigen, aber Marias Gesichtsausdruck hielt sie davon ab. Die jüngere Schwester blitzte sie zornig an, presste ihre Lippen aufeinander und sagte kein

Wort. „Na dann nicht!“, dachte Apollonia bei sich und setzte wieder ihre herrscherische Miene auf: „Sag‘ Mama, sie muss in der Handelskammer Bescheid sagen. Ich kann nächste Woche noch nicht arbeiten. Unmöglich. Du siehst ja selbst, wie krank ich bin!“

Apollonia blieb also daheim. Die Woche darauf ebenso. Erst nach vielen Wochen – langsam, sehr langsam – renkte sich wieder alles ein und die junge Frau wurde wieder einigermaßen gesund.

Ungefähr ein Jahr später hatte sie ein paar weitere ähnliche Krankenstände hinter sich. Wie immer kümmerte sich ihre Mama in großer Sorge um sie und wie immer musste die jüngere Schwester Maria die Arbeit alleine tun. Für Apollonia aber wurde die Krankheit zum Ventil. Wenn die Erinnerungen, all die Gefühle von Schmerz und Schuld und Angst sie überrollten, krampften ihre Gedärme und die junge Frau wurde mit Trost und Zuwendung ihrer Eltern überhäuft. „60-mal! Ich habe es gezählt: 60-mal ist die Frau Weininger hinauf zu Apollonia gelaufen!“, sollte später die Mitbewohnerin Frau Thiele – eine Ausgebombte, die im Hause Weininger untergebracht worden war, um dem Bombenterror über Berlin zu entfliehen – der Gestapo erzählen. Später, wenn Apollonia ihre Mutter wieder brauchte und ihr Schicksal das herrschende Regime zu interessieren begann …

Aber noch sind wir im Jahr 1936, kurz nach Apollonias Geburtstag, kurz nach ihrem ersten Krankenhausaufenthalt, als die Schmerzen langsam Pause machten. Als Apollonia ihren Träumen nachhing. Sie glaubte sowohl an die große Karriere als auch an das große Glück und die große Liebe! Doch die aufkeimenden Gefühle zu Max litten unter ihrer Krankheit und gerieten allmählich wieder in Vergessenheit. Zumindest fast …

Nicht so bei Max. Als Max seine Sangespartnerin – kurze Zeit nach ihrem aufregenden gemeinsamen Lied – bei ihr zuhause aufsuchen wollte, lag sie bereits im Krankenhaus. Die jüngere Schwester Maria hob trotzig den Kopf, als sie dem jungen Mann die Tür öffnete und gab nur unzureichend Auskunft, indem sie mit keinem Wort Apollonias Aufenthalt im Krankenhaus erwähnte: Nein, die sei nicht hier, sagte sie kurz angebunden. Max fragte verwirrt, ob er morgen kommen könne? Nein, da wäre sie auch nicht hier. „Äh, aha, also gut, dann äh … geh ich mal wieder …" Er machte enttäuscht kehrt und hoffte auf ein zufälliges baldiges Wiedersehen.

Im ausgehenden Jahr 1936 hielt das Schicksal auch in Max' Leben eine schwierige Aufgabe bereit. Im Dezember verstarb sein Vater und die Familie musste überlegen, wie sie nun weiter wirtschaften sollten. Der Produktenhandel des Vaters lief so recht und schlecht. Ihre kleine Landwirtschaft machte zwar viel Arbeit, aber sie half ihnen zu überleben. Wie sollte es nun weitergehen? Von den fünf Geschwistern lebte nur noch Max zuhause. Aber er fühlte sich nicht zum Bauer berufen, auch nicht zum Geschäftsmann. Max war Musiker durch und durch. Wer sollte nun übernehmen und für das Überleben sorgen? Schließlich war es damals üblich, dem Jüngsten den Betrieb zu übergeben oder zu vererben.
„Ich werde übernehmen", erklärte Max seiner Familie nach den Trauerfeierlichkeiten. Doch jeder wusste, wie schwer ihm diese Entscheidung gefallen war. Also sprang Max' älterer Bruder Lois für die Familie in die Presche:
„Wenn du willst Max, führe ich die Geschäfte unseres Vaters weiter und kümmere mich – gemeinsam mit dir Mutter – um die Landwirtschaft."
Max, der Jüngste, war unendlich dankbar. Erleichtert atmete er auf. „Ja das will ich!", rief er, aber auch er wolle sein Teil leisten, er würde sich um Geigenschüler kümmern. Damit könne er das Familieneinkommen ein bisschen wenigstens aufbessern.
„Ist gut", sagte der Bruder.
„In Gotts Naum", die Mutter. Mit einem Handschlag war die Vereinbarung besiegelt.

Max war – trotz seiner Trauer um den verstorbenen Vater und trotz seiner unerfüllten Liebe zu Apollonia – zufrieden. Er konnte sich weiterhin der Musik widmen.
„Das ist dein Leben!“, sagte seine Mutter zu ihm, als er ihr einmal sein schlechtes Gewissen gestand. Sie nahm seine schlanken Hände in ihre zerklüfteten Arbeitshände und flüsterte:
„Dein Vater hätte es so gewollt! Wir schaffen das auch ohne dich. Du musst Musik machen!“ Dankbar schaute er ihr in die Augen, jener Frau, die so selten ihre Gefühle zum Ausdruck brachte. Jener Frau, vor der alle Respekt hatten, denn ihr Wort war gefürchtet. „Hantig, aber rechtschaffen!“, beschrieben sie die Menschen im Ort und dass auf ihre Einschätzungen Verlass wäre, meinten sie anerkennend. Eine durchaus kluge Frau.

Bei den Haagers spielte sich bald wieder ein regelmäßiger Alltag ein. Lois, der eigentlich das Schneiderhandwerk gelernt hatte, fand sich mit Landwirtschaft und Produktenhandel gut zurecht. Er pendelte zwischen seinem Elternhaus und dem kleinen Bauernhof – „Sacherl“, wie man sagte – einer guten Freundin, der Marie. Aushelfen müsse er, erklärte er seiner Mutter, den Nachbarn oder allen, die ihn süffisant danach fragten: Sie komme allein nicht zurecht, wär‘ ja harte Männerarbeit und ja, manchmal auch über Nacht, wenn eine Kuh kalbe oder wenn‘s spät geworden sei …
Lois und Marie lebten eine Beziehung, bekamen einen Sohn und dennoch bekannten sie sich nie zueinander. Lois wurde das Gefühl nicht los, eine Hochzeit würde seine Freiheit einschränken. Und Marie? Sie litt, aber sie wollte ihn nicht verlieren, den Liebhaber, den Freund, den Vater ihres Kindes. So blieb die Beziehung inoffiziell, ein offenes Geheimnis, von dem alle im Ort wussten, aber nur hinter vorgehaltener Hand davon sprachen.

Wenn Frau Haager merkte, dass die Leute hinter ihrem Rücken tuschelten, wandte sie sich aufrechten Hauptes ihnen zu und bemerkte trocken: „Auf meinen Buben ist auch ohne Ring Verlass.

Und jetzt kümmert's euch wieder um Wichtigeres!" Drehte sich um, grinste im Eindruck ihrer verdutzten Gesichter und schritt gelassen weiter. Dass sie dennoch ihren Sohn innerlich kritisierte, musste ja niemand wissen. „Was schämst dich denn für deine Liebschaft?", fragte sie ihn vorwurfsvoll. Er schäme sich nicht für sie, entgegnete er, aber ihm gefalle es grad so wie es eben sei.

Max war mit sich und seinem Leben zu sehr beschäftigt und hatte weder Zeit noch Lust sich um das Privatleben seines Bruders zu kümmern. Er meldete sich als Geigenlehrer in seiner Heimatgemeinde und in der Hauptstadt an. Mit diesem Zuverdienst konnte er einen Beitrag zum Haushalt der Haagers leisten. Außerdem war er froh um jede Abwechslung. Mittlerweile war es über ein halbes Jahr her, seit er die aufregendsten Augenblicke seines Lebens erlebt hatte – das gemeinsame Lied mit jener faszinierenden Frau, die ihren Geburtstag gefeiert hatte. Eigentlich war es reiner Zufall, dass er bei diesem Fest dabei sein konnte. Ein guter Freund hatte ihn einfach mitgenommen.
„Die Weiningers sind ein offenes Haus!", beschwichtigte er ihn damals: „Da bist du sicher willkommen!" Der Freund hatte ihn überzeugen können. Zum Glück, sonst wäre Apollonias Plan wohl nicht aufgegangen. Sie wollte den schüchternen Musiker, der ihr beim Besuch des heimatlichen Café Beers schon einige Male aufgefallen war, unbedingt kennen lernen und so machte sie sich an den gemeinsamen Freund heran. Sie lud ihn zu ihrer Geburtstagsfeier ein und bat ihn, Max mitzunehmen. So war der Zufall doch keiner gewesen.

Aber das Leben spielte ein eigenes Spiel. Apollonia wurde krank, Max wusste nicht wie er ihr Verschwinden deuten musste und so glaubte er schließlich nicht mehr an das Glück, dieser Frau jemals seine Gefühle offenbaren zu dürfen. „Ich habe mich wohl getäuscht. Ich habe ihren Blick missverstanden. Ich bedeute ihr nichts …

Wahrscheinlich werde ich sie nie mehr wiedersehen …“, dachte Max schließlich und verschrieb sich ganz der Musik.

1981

Warum nur erwachen? Gefangen und verfangen in Schläuchen, Geräten, Tröpfen. Lasst mich doch ruhen! Ich bin müde. Mein Weg geht zu Ende. Ich weiß es. Der Tod macht mir nicht Angst. Das Leben ist es, das noch weh tut. Und schon meldet sich wieder dieser grässliche Schmerz. Hoffentlich kommt die Schwester bald. Morphium. Ich bitte um Erlösung. Erlösung – so ist sie gemeint? Erlösung von allen Schmerzen?

Glaubt mir, ich liebe euch! Über alles liebe ich euch! Aber ihr seid nicht hier. Meine jämmerliche Liebe führt ins Leere. Da ist niemand, der sie nimmt. Ihr nehmt sie nicht. Ihr verweigert euch. Ich kann sie nur selbst spüren, diese erbarmungslose Sehnsucht, die bleibt … wo bleibt sie? Sie bleibt hängen. Irgendwo. An den Rändern unserer Welten. Denn wenn ihr auch hier wärt, so sind wir doch in anderen Universen. In meiner Welt hab' ich euch lieb. In eurer? Wo geht sie hin, die Liebe, wenn ich nicht mehr bin? War alles umsonst?

Ach meine Liebsten, meine Liebsten, meine Anderen – bald geh ich zu euch. Ich komme. Ich komme zu euch, wo ich hingehöre.

„Danke Schwester!" Langsam tropft die ersehnte Erlösung wieder durch meine Adern. Oh Gott tut das gut. „Ja ja alles gut!", sage ich leise. Mit dem Kopf deute ich ein Nicken an. Die Schwester hebt meine Seite und strafft das Leintuch. Dann meinen Kopf und die andere Seite. Ist sie zufrieden mit ihrem Leben? Hat sie das, wovon sie immer geträumt hat? Ach, meine Träume, die sind bei euch und bald – bald – werde ich bei euch sein! So ist es gut, so ist es richtig.

Bruder, du kommst? Ich bin dir dankbar. Kannst du es erkennen? Dass ich dir dankbar bin? Ich weiß es nicht. Gestern, deine Tochter, sie ist an mein Bett getreten. Sie hat mir die Hand gegeben. Sie hat mir einen Kuss geschenkt. Auch ihr bin ich dankbar. Meine Augen wollten es ihr sagen. Sie aber hat nicht verstanden. Ihr alle habt mich nicht verstanden. Sie ist sofort an das Fußende und hat sich an das Bettgestell geklammert. Wovor habt ihr alle sol-

che Angst? Wovor nur? Ich bin keine Hexe. Ich weiß, ich bin euch unheimlich, aber ich bin nur voller … Angst. Nicht vor dem Tod. Den fürchte ich nicht mehr. Den sehne ich herbei. Ich bin ängstlich, dass ihr meine Liebe nicht gebrauchen könnt. Nein, ich weiß, dass ihr meine Liebe nicht gebrauchen konntet. Es ist eine unnütze Liebe gewesen. Und sie ist es noch. Wenn nicht sogar eine schädliche. Ja, das macht mir Angst. Da bleibt am Ende nur die Trauer. Unverstanden war meine Liebe und darum nutzlos. Wie traurig!

So gerne hätte ich euch noch gezeigt, dass ich liebe – euch liebe. Aber euch hat nur meine Verzweiflung und meine Ungeduld erreicht. „Du hast zu viel gefordert!“, höre ich euren Einwand. Ich hätte eure Liebe eingefordert, meint ihr. Wie denn nur? „Ach, da gäb' es viele Beispiele!“, meinst du: „Wir waren stets verpflichtet, dir zu zeigen, wie sehr wir dich mögen. Und nie war es genug. Wir waren nicht frei. Nicht frei wirklich zu lieben. Wirklich zu fühlen, echt zu sein.“ Warum kommt dieser Dialog mir in den Sinn? Ich weiß nicht mehr, ob er je stattgefunden hat. Aber es ist, als spräche ich zu dir. Oder wirkt das Morphium?

Schwägerin, du hast gesagt, meine Liebe sei großes Theater, große Bühne – die große Geste. Und ihr wärt kleine normale Komparsen ohne Talent zur Dramatik … Ich verstehe, so muss es dir erschienen sein. Ich sage dir, es war die Geste, die überspielen musste – die größer sein musste, als das Ungesagte, das Schwere – so vieles – ihr Lieben – blieb ungesagt. Und darum habt ihr keine Ahnung von mir. Kann ich's euch verdenken? Jetzt ist es zu spät. Aber ihr seid da. Ihr lasst mich nicht allein. Ich kann Abschied nehmen von diesem zerrissenen Leben und auf Euch hoffen, meine Liebsten, meine Anderen …

„Bald bist Du bei mir!“, höre ich Dich. Wie schön. Bald bin ich wo ich hingehöre. Ist der Himmel blau? Ich sehe ihn schimmern durch das Fenster oder habe ich die Augen geschlossen? Ich kann es nicht mehr unterscheiden. In meinen Adern fließt dein Blut, Bruder. Ich möchte so gern mit dir verbunden sein. Ich finde es beruhigend deine Blutspende in mir zu haben. Aber sie wird mich nicht ins Leben zurückbringen, sie wird mich in den Tod begleiten. In Ordnung.

1937: Bald!

Apollonia kehrte wieder an ihren Arbeitsplatz zurück. Als Stenotypistin des Handelskammerchefs war sie in den Jahren der Ersten Republik mit Schriftstücken und Sitzungsprotokollen konfrontiert, welche die Vorteile des Ständestaates aufzeigten und das Unternehmertum an der Vaterländischen Front als Erfolgsmodell der Zukunft priesen. In vielen Gesprächen, die sie mithörte, wurde von der „Roten Brut“ gesprochen und diese als „arbeitsscheues Gesindel“ beschimpft. Für Arbeitslosigkeit und Wirtschaftsflaute wären deren mangelnde Leistungsbereitschaft, aber vor allem die Reparationszahlungen an die Siegermächte des Großen Krieges Schuld. Ob nicht ein Anschluss an das Deutsche Reich sinnvoll wäre? In diesem Sinne stenografierte Sekretärin Weininger jede Wortmeldung diverser Sitzungen und tippte sie anschließend in leserliche Protokolle. Ihr Chef diktierte Briefe, die mit einem überzeugten „Front Heil“ unterzeichnet wurden. Man lebte in der Diktatur des austrofaschistischen Ständestaats.

Bei den Weiningers war man mit dieser Staatsform einverstanden, brachte sie ihnen als Kleingewerbetreibende doch viele Vorteile, die Steuern wurden geringgehalten und ihr Lebensstandard wuchs in bescheidenem Maße. Wenngleich die Arbeitslosigkeit von Jahr zu Jahr stieg, Brot würde immer gebraucht … Und das mit der Demokratie – man hat’s ja gesehen, das hat nicht geklappt! Mit den „Roten“ sei nicht Politik zu machen! Franzl, Apollonias Bruder, stimmte seinem Stiefvater zu: „Das rote Pack ist Judenpack! Besser wir schließen uns dem Deutschen Reich an!“ Schon wieder einer, der vom Anschluss redet, dachte Apollonia noch, als ihr Vater, der Stiefvater Franzls, von diesen Flausen wenig begeistert, den Kopf schüttelte, die Hand abschätzig wedelte und grimmig in seinen Schnurrbart brummte: „Was weißt du schon?“

Doch Franzl wusste genau! Schon seit geraumer Zeit interessierte er sich für jene – in Österreich mittlerweile illegale – Bewegung, die von einem Großdeutschen Reich unter nationalsozialistischer Führung träumte. Die Schlichtheit und Schlüssigkeit der Ideen, begeistert vorgetragen, verführten auch ihn. Schon als heranwachsender Junge hörte er während seiner Zeit in der Hitlerjugend vom Stolz des „deutschen Wesens" und dem Unrecht des Großen Krieges, von „Herrenmenschen" und „gesundem Volk". Ihm wurde eingebläut, dass die Juden in ihrer Hinterhältigkeit und Gier schuld an den wirtschaftlichen Missständen seien. „Nur die arische Herrenrasse trägt genug Können und Fleiß in sich um die Welt zu retten! Am deutschen Wesen wird die Welt genesen!", hatte er als Hitlerjunge gehört und es hatte ihm gefallen. Nun aber, nach dem missglückten Putschversuch, wie seine nationalsozialistischen Kameraden meinten, nach dem Mord an Engelbert Dollfuss 1933 – waren die Nationalsozialisten illegal. Nun mussten sie versteckt kooperieren, sich verständigen, neue Mitglieder anwerben, den österreichischen Staat schwächen, indem sie Steuern hinterzogen und Anschläge verübten. Man hätte sich vorzubereiten, hieß es – auf den Anschluss! „Auch du kannst beitragen! Auch du kannst den Nationalsozialismus in Österreich verbreiten und bald – du wirst sehen – sehr bald – werden wir die Herren sein und nicht die Illegalen!" So hatte sich nur wenige Jahre nach Franzls Erfahrungen als Hitlerjunge ein Bekannter am Wirtshaustisch ereifert. Und seine Worte fielen auf fruchtbaren Boden.

Franzl, der früh geheiratet und bereits eine kleine Tochter hatte, lebte seit 1934 in einem kleinen Ort am Innbach. Seine Herkunftsfamilie war immer korrekt zu ihm gewesen, er konnte seinen Eltern keine Vorwürfe machen … Die Mutter hatte ihn gut erzogen und der Ziehvater hatte ihn aufgenommen und miternährt. Als zwei Jahre nach Franzls Geburt, Apollonia zur Welt kam, war für den Vater allerdings klar: Das ist meine Tochter! Mein Fleisch und Blut! Nun spürte er die Liebe, die ein Vater zu seinem eigenen Kind empfand und er spürte den Unterschied in seinen Gefühlen zu Franzl. Franzl, tja, das war halt der Franzl, aber keiner von uns, kein echter Weininger, schien er zu sagen bei jedem Blick in das Gesicht des heranwachsenden Kindes. Äußerlich schien die Welt der Weiningers in Ordnung. Aber innerlich fühlte der Vater sich schuldig. Schuldig, den Franzl nicht lieben – nicht wirklich, nicht ausreichend – lieben zu können. Auch die Mutter fühlte sich schuldig, ihrem Mann diesen Bastard zuzumuten, schuldig als Dirn mit dem Bauern ins Bett gestiegen zu sein. Ja, er habe ihr geschmeichelt, ja, sie ersehnte sich eine Zukunft mit ihm, ja, sie war verliebt … Aber sobald sie ihm sagte, sie wäre schwanger, ließ er sie fallen. Geld fürs Wegmachen und weg mit ihr. Die Bäuerin, Mutter des Jungbauern, schickte die Dirn fort. Und nun war er da, der Franzl. Ein kleiner unschuldiger Bub. So begegnete sie dem Bäcker aus dem Ort, dem Herrn Weininger. Und ja, er würde sie heiraten und ja, er nehme sie trotz ihres Kindes. Ja. Wie dankbar sie war.

Dass er dieses Kind nicht so lieben würde, wie seine eigenen, tat ihr leid, aber das konnte sie wohl auch nicht von ihm verlangen. Hauptsache er schlug ihn nicht und war nicht böse zu ihm. Nein, das war er tatsächlich nicht. Franzl musste dankbar sein, aber richtig wohl, anerkannt und geschätzt fühlte er sich im Elternhaus nie. Er war kein Weininger. Und genau das ließen ihn sein Vater, dessen Freunde und Kunden – aber auch seine Mutter – spüren. Mama trichterte ihm ein, sich nur ja gut zu benehmen, sich nur ja nicht aufzulehnen, immer schön den Mund zu halten, alles zu schlucken, er sei schließlich kein echter Weininger, er solle froh sein geduldet zu werden! Und wenn sich Franzl dennoch ärgerte, weil ihn der Ziehvater in der Backstube einen schlafenden Faulpelz schimpfte, so musste er sich Widerworte verkneifen, musste sich dem Schicksal in dieser Backstube arbeiten zu müssen – ja vielmehr zu dürfen! – fügen, musste akzeptieren, dass er keiner sei, der gefragt wurde, wie er sich seine Zukunft vorstellte, sondern einer, der einfach in eine vorgefertigte gesetzt wurde: „Du musst dankbar sein, dass du hier sein darfst!", hörte er unzählige Male von seiner Mutter. Aber Franzl fühlte keine Dankbarkeit, er fühlte ein bohrendes Minderwertigkeitsgefühl, er fühlte sich hin und her gerissen zwischen widerstreitenden Gefühlen. „Ich weiß, ich müsste demütig und froh sein – dankbar eben …", überlegte er niedergeschlagen: „Aber ich fühle nur Zorn, weil sie mich ungerecht behandeln! Weil sie mich nicht nach meiner Meinung fragen. Weil sie über mich bestimmen. Weil sie mir keine Chance geben!" Mit den Jahren wurde sein Ärger immer größer, ein Ärger, der Schuld und Minderwertigkeit übersteigern musste, denn Minderwertigkeit fühlte sich noch scheußlicher an! Und es gelang. Sein Zorn wuchs bis er schließlich groß genug war eine eigene innere Weltsicht zu meißeln: „Die ganze Welt ist ungerecht. Ihr alle seid im Unrecht. Ihr werdet schon noch erkennen, dass auch ich jemand bin. Ich werde es euch allen zeigen, aber dann … Dann wird mir keiner mehr den Gruß verweigern oder mich überhören. Keiner wird mich mehr beschimpfen oder herumkommandieren. Keiner!"

Franzl lernte also das Bäckerhandwerk, weil sein Ziehvater einen Gehilfen in der Backstube brauchte. Er führte aus, was vorgesehen war. Doch sowie er irgend konnte, entfloh er den Zwängen seines Elternhauses und Arbeitgebers hinaus in die Welt der Geselligkeit in den Gaststätten. Und dort traf er Männer, die ein geheimes Zeichen hinter dem Revers trugen, die sich als Herrenmenschen ausgaben und die wussten, wie es geht! Sie machten ihn aufmerksam, dass diese Welt auch für ihn offen wäre. Auch er wäre ein guter Deutscher, ein Arier, ein Herrenmensch … Der Gedanke zur Herrenrasse zu gehören, zu den Gewinnern, zu den Mächtigen, das gefiel Franzl ungemein. Er, der Uneheliche, der Bastard, der Versager – hier war seine Herkunft egal! Hier war er angesehen! Hier war er jemand! So stimmte Franzl zu, als er aufgefordert wurde den Illegalen beizutreten. Er war beeindruckt über den großen Zuspruch, den diese Bewegung hatte. „Dass so viele Nazis in Österreich die neue Zeit bereits vorbereiten!", wunderte er sich insgeheim. Stolz erfüllte ihn bei dem Gedanken nun auch dazuzugehören. Sein Kollege steckte ihm feierlich das Hakenkreuz hinter den Revers: „Jetzt bist du einer von uns!"

So wurde Franzl geheimes Mitglied der SA – der Sturmabteilung der illegalen Nationalsozialisten in Österreich. Eine paramilitärische Kampftruppe, die noch viel Angst und Schrecken verbreiten würde. Seinen Eltern und Geschwistern erzählte der junge SA-Mann nichts von den geheimen und illegalen Machenschaften. Er erzählte nichts von Wehrübungen, Aufmärschen und Schießübungen. Er erzählte nichts von gemeinsamen Auftritten in den Straßen der Hauptstadt, in denen sie Juden verhöhnten, rempelten und nach Hause jagten. Er erzählte nicht von seinen Schulungen, in welchen sie argumentieren lernten. Davon erzählte er nichts, aber er argumentierte und er überzeugte!

Als Frauenschwarm fiel es dem – mit neuem Selbstbewusstsein ausgestatteten – jungen Mann keineswegs schwer, Freundinnen zu finden. Er war ein fescher Kerl, gesellig, charmant – ein Hauch von Lebenskünstler mit dunklem Geheimnis. Ein Mann, den Frauen knacken wollten. Dessen Geheimnis sie erforschen wollten. Ein charismatischer Typ, der zwischen Herzlichkeit und Härte pendelte – für viele Frauen unwiderstehlich! Dass allerdings eine von ihnen so prompt schwanger wurde, war nicht vorgesehen. Franzl stellte seinen Mann, wollte er doch seinem Kind ersparen, was er selbst so bitter erfahren musste – ein unehelicher Bastard zu sein und in dieser Gesellschaft leben zu müssen. Also wurde geheiratet. Seine Gattin Ilse und er pachteten in einem kleinen Ort am Innbach eine Bäckerei und führten diese so recht und schlecht. In der Nacht buk er das Brot, mit dem er unter Tags ins „Gei" fuhr. Im Wirtshaus galt es den Durst zu löschen und mit Gleichgesinnten zu diskutieren. So blieb er oft länger als geplant und konsumierte mehr als es für seine private und wirtschaftliche Situation zuträglich war. Das Geld, das er im Gei einnahm, investierte er prompt in Wein und Geselligkeit am Wirtshaustisch.

So kam es wie es kommen musste: „Wegen verschiedener Umstände musste ich das Geschäft im Jahr 1937 aufgeben, zog dann ins Altreich um mich dort als Hilfsarbeiter zu verdingen. Ein Nierenleiden zwang mich jedoch nach drei Monaten wieder zurück in die Ostmark." Mit diesen Worten beschrieb er in seinem Lebenslauf, den er später für seine Versetzung vorlegen würde, die erlittene Pleite und den Neubeginn. Franzl war ein Stehaufmännchen. Im Altreich, wie die Nationalsozialisten später Deutschland bezeichnen würden, knüpfte er die nötigen Kontakte. Für einige Namen und Hinweise aus der österreichischen Gesellschaft und Politik sollte er sich kurz darauf die Finanzierung eines neuen Betriebes in der späteren Ostmark erkaufen und das Leben ging weiter!

Im Sommer 1937 führte Franzl ein Gespräch mit seiner Schwester. „Komm am Sonntag mit nach Wels!", spornte Franzl sie an. Apollonia solle sich ebenfalls in die Reihen der Nationalsozialisten einordnen – war sie doch eine Frau, die überzeugen und die Ideen unter den Landsleuten verbreiten konnte, wie ihr Bruder insgeheim hoffte. Zunächst ließ sie sich überreden, ihn zu begleiten. „Du wirst dich wundern!", meinte er verschwörerisch. Als am 18. Juli 1937 in Wels das österreichisch-deutsche Frontsoldaten-Treffen mit Veteranen des Großen Krieges (des Ersten Weltkrieges) stattfand, waren Franzl als SA-Mann, als einer von vielen illegalen Nationalsozialisten und seine Schwester Apollonia als neugierige Beobachterin mit dabei. Doch rasch wurde auch Apollonia von der herrschenden Begeisterung mitgerissen und grüßte – wie alle anderen – mit erhobener rechter Hand den Botschafter des nationalsozialistischen Deutschlands Franz von Papen. Apollonia wunderte sich in der Tat. Die Stimmung war berauschend. Aufgeheizt von der Rede des Botschafters, der unverhohlen für den Anschluss Österreichs an das nationalsozialistische Deutschland warb, schlossen sich die Menschen zu einer Gemeinschaft Gleichgesinnter zusammen und jubelten. Mit „Sieg-Heil"-Rufen verstieß man zwar gegen geltendes Recht, aber das war im Moment des Jubels jedem und jeder egal. Dass die Nazis die Gedenkfeier für ihren Propagandaauftritt nutzten, sorgte im österreichischen Staat für einen Skandal. Doch die Stimmung für den Nationalsozialismus wurde in Österreich von Tag zu Tag offener.

Waren Apollonia und Franz Kinder ihrer Zeit? Kinder, damals 21 und 24, die sich beeindrucken ließen, die sich naiv und unbedarft dem Pathos hingaben, die Aufwertung genossen als Herrenmenschen betrachtet zu werden? Mit Emotionen, großen Auftritten, Liedern und starken Reden war Apollonia ohnehin leicht zu begeistern. Die feinen Details der Politik allerdings waren ihr weder vertraut noch wichtig. Absichten und Mittel der Herrschenden und jener, die an die Macht kommen wollten, blieben ihr verschlossen. Das Gefährliche und Hetzerische erkannte und analysierte sie nicht – mit wem auch? Manchmal flackerte wohl ein unangenehmes Bauchgefühl in ihr auf, das mit den Hetztiraden der Redner oder ihres Bruders einherging. Es wich aber rasch dem mitreißenden Hochgefühl durch die herrlichen Inszenierungen. Ihren Bruder, der sie für die Ideen begeistern und einnehmen wollte, der ihre Zustimmung zu illegalen Aktionen wollte, hielt sie allerdings hin.

Es gab wahrlich Wichtigeres in Apollonias Leben! Ein neues Theaterstück war einzuüben. „Der Bauer als Millionär" von Ferdinand Raimund. Die Freunde aus der Theatergruppe trafen sich jeden Donnerstag im örtlichen Café Beer zur Probe. Die Laientruppe der Kleinstadt hatte sogar einen eigenen Regisseur – den Künstler Otto Brand. Er war Sänger, Schauspieler und Schmied. Mit letzterem verdiente er sein Geld, mit ersteren viel Applaus. Apollonia fielen diesmal gleich zwei Rollen, jene der Fee Lacrimosa sowie jene der Feenkönigin, zu. Das Theater war Apollonias Welt. Sie spielte mit großer Leidenschaft – nicht selten ihre Kolleginnen und Kollegen an die Wand. Otto hatte alle Hände voll zu tun, Neid und Eifersucht innerhalb seiner Schauspielgemeinde klein zu halten. Viele Male sah sich Apollonia in zänkische Auseinandersetzungen verwickelt – scheinbar völlig unbedarft fragte sie sich immer wieder, warum man nur so überempfindlich sein konnte. Dabei fühlte sie sich so sehr in ihrem Element, dass sie jede Rücksicht oder Behutsamkeit im Umgang mit den etwas langsameren und unsichereren Spielerinnen und Spielern verlor. Dachte die eine noch über die Anweisung des Regisseurs nach, war Apollonia schon am Spielen – auch wenn es gar nicht ihre Rolle war. Das sorgte nicht selten für Unmut. So nahm Otto sie beiseite und meinte: „Apollonia, wir wissen beide, du bist zu gut für uns. Aber du spielst nun mal mit uns und nicht mit den Großen des Burgtheaters. Wir müssen hier zusammenhalten und einander leben lassen! Verstehst du was ich meine?" Sie verstand nur schwer. Sie fühlte sich irgendwie unpassend, zu groß, zu laut. Sie versuchte sich anzupassen, aber es wollte ihr nicht so recht gelingen.

Von Max hatte sie seit ihrem Geburtstagsfest vor über einem Jahr nichts mehr gehört. „Ist er denn gar nicht an mir interessiert?", fragte sie sich. Hätte sie ihn damals mehr ermutigen sollen, sich bei ihr zu melden? Hin und wieder flackerten Gedanken, vielleicht auch Gefühle, auf … Max. Sie gingen auseinander, ohne ein Wiedersehen zu vereinbaren. „War es dumm gewesen, nichts auszumachen?", dachte sie immer und immer wieder. Die Monate vergingen. Die Erinnerungen verblassten. Viele Männer, auch verheiratete, machten ihr Avancen. Ein anregender Flirt war allemal möglich, aber verlieben konnte sie sich in keinen der Herren – so galant und raffiniert sie sich auch gaben. „Schade eigentlich", dachte sie bei sich, während sie sich für die Theaterprobe fertigmachte. „Es wäre doch schön, einen Partner zu haben. Würde doch gut passen – beispielsweise mit Otto zusammen zu kommen." Otto war ein charismatischer, wenn auch etwas älterer, aber attraktiver Mann. Einer, den man bewunderte, einer, der respektiert wurde, einer, der was konnte. Er war nicht verheiratet und – er war nicht nur Schmied, sondern – und das fand Apollonia um vieles anziehender – er war Künstler! Er schien immer ganz auf seine Arbeit konzentriert, nicht empfänglich für Flirtversuche … Das entfesselte ihren Ehrgeiz. Sie ließ sich von seiner kühlen Art nicht abschrecken und eines Tages, als sie als Letzte die Proben verließ und wie zufällig auf der Straße vor dem Café noch eine rauchte, sprach sie ihn an:

„Ach Otto, hast du mal Feuer? Danke. Na was hältst du von einem Glas Wein? Endlich einmal nur wir zwei?" Ihr Augenaufschlag war höchst verführerisch.

Otto wandte sich ihr zu, fasste sie an den Schultern und schaute ihr mit festem Blick in die Augen, während er klarstellte:

„Du bist eine tolle Frau, Apollonia, ein Prachtweib, aber ich fange mir nie etwas mit meinen Schauspielerinnen an. Und mit dir auch nicht!"

„Und wenn ich nicht spielen würde?", fragte sie hoffnungsvoll. „Ach Apollonia", seufzte er und ließ seine Arme fallen: „Das könntest du doch gar nicht. Du liebst das Schauspiel! Deine Liebe gehört nicht mir. Du bist eine Spielerin. Die Liebe, weißt du, die kannst du nicht erzwingen. Warte bis du den Hauptgewinn machst!" Sprach's, küsste sie auf die Stirn, drehte ihr den Rücken zu und ging.

„Und wie erkenne ich den Hauptgewinn?", rief sie ihm nach.

Er wandte sich kurz um, klopfte sich auf die Brust in der Höhe des Herzens und entgegnete: „Hier."
Apollonia blieb nachdenklich zurück. Sollte sie sich schämen, sich gedemütigt fühlen? Sie horchte in sich hinein. Nein, sie fühlte keine Demütigung. Sie war nur ein bisschen traurig. Insgeheim wusste sie, dass sie Otto bewunderte, aber nicht liebte.

Das Stück wurde ein großer Erfolg. Die ganze Kleinstadt war auf den Beinen um einer der vielen Vorstellungen beizuwohnen. Alle redeten darüber und so erfuhr auch Max von Apollonias Auftritt. Ob er es wagen sollte in die Stadt zu fahren, um das Theater zu besuchen und mit ihr Kontakt aufzunehmen? Er war unschlüssig, unsicher, ängstlich, aber auch neugierig und voller Sehnsucht. „Wer will mich begleiten?" Diese Worte klangen noch in seinen Ohren. Ihr Blick, ihr Gesang, ihre wiegenden Hüften, ihr Lachen. … Nein, er musste zu ihr! Lange genug gewartet, dachte er, jetzt oder nie! Max nutzte die Gunst seines aufblitzenden Mutes und schwang sich auf sein Fahrrad.

Das Theaterstück war – gut, ja … viel mehr konnte Max nicht darüber berichten. Er hatte nur Augen für Apollonia gehabt, für Lacrimosa und die Feenkönigin. Während sie spielte, grübelte er, wie er sie wohl ansprechen könnte. „Servus Apollonia, spielen kannst du auch?" Nein, das klänge wohl etwas zu forsch … „Brauchst du wieder einmal Begleitung?" Neiin, das schon gar nicht – das wäre nicht er, das passte nicht zu ihm. Vielleicht einfach nur grüßen und warten, ob sie ihn kennen würde? Und wenn nicht? Max wurde immer nervöser und zweifelnder.

Endlich. Schlussapplaus. Lacrimosa erntete die meisten Bravos, so viel stand fest. Als die Leute gingen, blieb Max einfach sitzen. Langsam entfernte sich die Menge, es wurde ruhiger, es wurde still im Saal. Max blieb. Sie musste doch irgendwann hinter diesem Vorhang hervor kommen … Da hörte er die Stimme eines jungen

Mannes: „Poooola, wir warten!" „Oh mein Gott", kam es ihm in den Sinn: „Es kann ja einen Mann in ihrem Leben geben. Wie kann ich nur so dumm sein und glauben, sie sei allein!" Sein Herz klopfte. Da öffnete sich der Vorhang und die abgeschminkten Schauspieler kletterten von der Bühne. Einer nach dem anderen. Und Apollonia? Wieder rief einer: „Kommt schon, lasst uns noch ein Glas miteinander trinken!" Und Apollonia? Endlich. Mit einer schwungvollen Handbewegung schob sie den Vorhang beiseite, sodass sie Platz für ihren Auf- oder eigentlich Abtritt hatte. Max erhob sich wie in Trance. So stand er mitten im Zuschauerraum und starrte sie an. Lachend, strahlend, lebensfroh stieg sie die Treppe abwärts, rief: „Ich komme!", und eilte an ihm vorbei. Max starrte ihr hinterher, offenen Mundes, seine wohlüberlegten Worte blieben im Universum der nichtgesagten Worte zurück. Sie fanden nicht hinaus in die Welt. Nicht an ihre Ohren. Seine Augen hingen in ihrem Rücken. Schon fast draußen, mit flottem Schritt aus dem Theatersaal durch die Türe, stoppte Apollonia plötzlich ihren Schritt, wandte sich abrupt um und blickte ihm direkt in die Augen:
„Max?"
„Apollonia!"

Die beiden hatten sich gefunden. Kurze Zeit später verlobten sie sich und erlaubten sich ihre ersten zärtlichen Nächte. Apollonias Eltern waren einverstanden. Na ja ein Musiker, aber was kann man Apollonia schon ausreden, dachten sie. Und auch von seiner Familie gab es keinen Widerstand. Später wird Apollonia sagen, es wäre die glücklichste Zeit in ihrem Leben gewesen. Ja, Hauptgewinn. Sie spürte es tief in ihrem Herzen. Für immer!

1980

Den Kaffee kann ich schon zustellen. Mehlspeise habe ich auch. Gut, dass ihm Krapfen schmecken. Was er mir wohl zu erzählen hat? Ich bin so glücklich, dass ich ihn kennen gelernt habe. Ja, Herrgott, ich bin dir dankbar. Sehr dankbar. Alles fein gedeckt. Den Aschenbecher leeren, Servietten auf die Teller, beim Krapfen essen wird man pickig. Was fehlt noch? Ach ja, das kleine Kreuz. Ich stelle es in die Mitte des Tisches.

„Das Kreuz soll uns Wegweiser sein", erklärte er letztes Mal. Wegweiser. Ja, eine Reise ist das. Dass ich noch eine Reise machen würde? Ich muss fast lachen. Ich, eine Reise. Ich hole eine Falk aus meinem Lederetui, stecke sie mir an, nehme einen tiefen Zug und blase den Rauch in Ringen vor mir her. Eine etwas andere Reise, eine Reise wie Rauch, der sich verflüchtigt und doch ankommt. Nicht mehr sichtbar und doch so wirklich!

Donauberger Josef … Was für ein Glück, dich kennen gelernt zu haben! Wirklich kennen gelernt. Wir kennen uns ja schon sehr sehr lange, sicher schon dreißig Jahr. Ich war damals noch „a fesche Frau", wenn auch zerbrochen. Der Krieg. Was hat nicht der Krieg alles zerbrochen. Was hat er nicht Schutt angehäuft. Schutt und Schuld. Und Schund. Das Beste soll er im Menschen hervorbringen? Nein. Ich dämpfe die Zigarette aus. Nein, das Schlechteste.

Sein Vater war Max' Pate. Und nun sind wir beide Freunde. Ich finde das schön …

Mit ihm, mit Josefs Hilfe, kann ich das Schlechteste überwinden. Diese Seite an mir, das Dunkle, das könne ich erforschen, von ihm begleitet, durch ihn möglich gemacht, wenn ich wolle … Erforschen und ans Licht bringen, hat er gemeint. Damit es nicht mehr so viel Unwesen treibe …

Ich habe ja gesagt. Ja ich will meiner Schuld ins Auge sehen. Ich will meine Seele von meinem selbst gemachten Schutt befreien. Ich will mich stellen. Dem Schund, den ich produziert habe. Ich will nichts Schlechtes mehr liefern – in diesem Leben. Ein Seufzen kommt tief aus meiner Seele. Ich will nichts Schlechtes mehr liefern. Genug. Schutt. Schuld. Schund. Genug. Meine Hände streifen über das glatte Tischtuch, rücken die Tassen zurecht, ich hauche einen Löffel an und wische ihn mit dem Tischtuchzipfel blank. Sauber. Der Löffel. Mein Leben …? Mein Leben hingegen, schmutzig. Üppig. Verdorben. Mir graut. Die Übelkeit kommt schon wieder. Tief einatmen.

Das Kreuz weist uns den Weg, sag ich mir vor. Das Kreuz. Aha. Zeigt eigentlich überall hin! Nach oben, nach unten, nach rechts und nach links, zeigte ich ihm auf, dem Josef, letztes Mal. „Dann schau die Wege doch mal andersrum an!", forderte er mich auf. Da ging mir ein Licht auf. In die Mitte zeigt es, nicht wahr, Josef, in die Mitte führt der Weg. Von allen Seiten in die Mitte. Er nickte.

Ich muss lächeln, wenn ich an diesen Augenblick der Erkenntnis denke. In die Mitte weist der Weg. Auch wenn er voller Schutt und Schuld und Schund ist. Und Josef hilft mir dabei. Und ich unterwerfe mich aus freiem Willen diesem Leiden, diesem leidvollen Weg.

Gut, dass er nie ganz pünktlich ist, der Josef. Da hab' ich noch Zeit nachzudenken – und eine Zigarette zu rauchen. Tut das gut! Die Übelkeit ist wieder weg, zum Glück! Warum muss der Weg in die Mitte so steinig sein, so hart, so grauslich, so bitter? Ach was, bitter! Tss! Bitter war mein ganzes Leben. Bitterkeit kann ich. Aufs Wahrhaftige schauen. Das ist hart.

Ich habe Angst. Nein. Ich will keine Angst haben. Tief durchatmen. Auf etwas anderes konzentrieren: Hab' ich die Kaffeemaschine eingeschaltet? Nein, gut, dass ich nachschaue. Ich lasse Milch in das kleine Krügerl fließen und nehm' sie mit raus zum gedeckten Tisch. Nun gluckert der Kaffee. Ja, auch das Wasser muss durch das schwarze Pulver, damit es richtig gut wird … Na, meine Liebe, jetzt übertreibst du's aber mit den Metaphern! Bleib lieber beim Kreuz.

Das wird ja eine richtige psychologische Nabelschau. Josef nennt es Parapsychologie. Noch mehr, noch geheimnisvoller, unheimlicher vielleicht. Er kann wohin schauen, wohin ich keinen Zugang habe, hat er gesagt. Ach wenn's doch nur wahr wäre, wenn er die Liebsten meines Lebens, die, an denen ich am meisten hänge und die ich am meisten hängen ließ … Wenn er die erreichen könnte. Ich muss euch um Verzeihung bitten. Das möchte ich. Ob sie mir verzeihen werden? Und alle anderen? Und alles das, von dem ich noch gar nichts ahne? Ich muss gestehen, ich habe Angst.

Es läutet. Josef ist's. Wie aufgeregt ich bin. Ich dämpfe die Zigarette im Stehen aus, eile zur Tür, atme tief ein und öffne. Vor mir steht er, unscheinbar, klein, die Hände voller Taschen, wir schauen uns an. Sein Blick trifft mich tief – wie immer. Bin ich verliebt oder was? Nein, es ist etwas Anderes. Ich liebe ihn auf eine ganz bestimmte geistige Weise. Da werden sie wieder grinsen, wenn ich ihnen erzähle, ich liebe ihn auf geistige Weise. Sie können es nicht nachvollziehen. Aber das ist mir jetzt egal. „Darf ich reinkommen?", fragt er beinahe schüchtern. „Aber natürlich!" Ich reiße fast die Türe auf.

Komm setz dich, Kaffee, Kuchen, Milch, Zucker? Das übliche Warmreden. Ich bin noch ein bisschen nervös. Josef kennt mich. Ihm ist es egal. Er will nur mein Reisebegleiter sein – auf meiner parapsychologischen Reise.

Nach einer Stunde verabschiedet er sich wieder. Du bist bald so weit. Reise wieter in deine Mitte. Stelle dich deinen Ängsten. Dann wirst du auch bereit sein, zu sehen, wonach du dich so sehnst.

Ich bin allein. Ich heule. Die dunkle Mitte. Macht auf. Öffnet ihre ganze Wahrheit über mir: Nein, ich wollte euch nicht leben lassen. Ich wollte euch töten. Mit Gift und Galle. Mit Gewalt und Abscheu. Ihr seid geblieben. Kurz. Kurz genug um euch lieben zu lernen. Kurz genug um euch zu vermissen. Zu kurz um euch in meine Arme zu nehmen. Lange genug um für immer unter eurem Leben und eurem Tod zu leiden. Ob ihr mir verzeihen wollt? Um euch versöhnt wieder zu sehen?

1938: Künstlernatur

In Deutschland war nach dem Reichstagsbrand 1933 die Diktatur der Nationalsozialisten in vollem Gange. Auch in Österreich hörte man von Bölleranschlägen illegaler Nazis. Mit einer Mischung aus Sorge über die zunehmende Gewalt, aber auch Bewunderung für die Worte dieses Adolf Hitler beobachtete man im Hause Weininger die Vorgänge: Die Braunhemden der SA gingen schon recht grob und herzlos vor, befand man, aber andererseits wäre das wohl notwendig, weil ja so viel Gesindel herumstreune …

„Die Roten, ja wirklich so ein Gesindel!“, bestätigte der Vater die Meinung seines Ziehsohnes. Franzl fügte hinzu: „Das rote Gesindel, das Judenpack! Den Juden kann man nicht trauen. Arbeitslosigkeit und Not – alles die Schuld der Juden! Die haben mit ihren Geldgeschäften unsere ganze Wirtschaft ruiniert. Das sind die reinsten Blutsauger! Ungeziefer!“ Franzl konnte schon so richtig aufgehen in seinen Brandreden! Was der alles wusste! Mama und Maria waren beeindruckt. Dass bei den Nazis gar so viel über die Juden geschimpft wurde, dass immer wieder über deren abgrundtief schlechte Eigenschaften und Merkmale „gepredigt“ wurde, verursachte Apollonia zuweilen Kopfzerbrechen. In ihrer Heimatstadt war ihr kein Jude bekannt und in Wels, wo sie einige Jahre zuvor in der Bäckerei ihres Onkels ausgeholfen hatte, genossen Juden als gute Kunden Anerkennung. Man fand nichts an ihnen auszusetzen. Klar, oft hörte man, sie säßen auf ihrem Geld und verlogen seien sie auch, aber Apollonia kannte keinen, der ihr je etwas getan hätte. Apollonia war nicht so leicht einzunehmen für diesen Hass. Da zeigte sich Franzl zornig, er schlug mit der flachen Hand auf den Tisch, erhob sich und zischte: „Du hast keine Ahnung! Diese Juden arbeiten hinterlistig. Du glaubst ja wohl selbst nicht, dass sie sich in die Karten schauen lassen!“, und jetzt schrie er: „Juden sind Abschaum! Die gehören vernichtet!“ Apollonia erschrak. So hatte sie ihren großen Bruder noch nicht erlebt. So klar, lautstark und herrscherisch! Sie war jäh verunsichert, aber – so musste sie sich eingestehen – auch ein bisschen beeindruckt vom Franzl, der so vehement und leidenschaftlich seine Meinung vertreten konnte. Sie erinnerte sich unwillkürlich an jenen Tag in Wels im vorigen Sommer, als die illegalen Nationalsozialisten die Veranstaltung der Veteranen des letzten Krieges für ihre Stimmungsmache nutzten. „Wie begeisternd diese Leute doch sind! Die haben Stil und können überzeugen – mit ihrem Auftreten, ihren Uniformen, ihrer Stimmgewalt!“, dachte sie anerkennend. Damals waren sie aufmarschiert in einer großen Gruppe, Hakenkreuzfahnen schwingend, Parolen skandierend, wie: ›Sieg! Heil!‹ und dabei die rechte Hand in die Höhe reißend. Dieses Pathos, die perfekte Übereinstimmung der Aufmarschierenden und Fahnenträger, ihre Rufe und ihr Gestus hatten ihr enorm imponiert! Franzl, der in Diskussionen daheim nun ebenso auftrat und seine Rolle als Nazi zu proben schien, schaffte es, seine Schwester von sich und seiner Gesinnung mehr und mehr zu fesseln.

Der alte Weininger brummte einlenkend: „Ist schon recht!“ Er wollte wie immer keinen Streit. Mutter seufzte, Apollonia hing ihren Erinnerungen nach und die schweigsame Maria stapelte die Teller und räumte ab.

Die Arbeitslosigkeit stieg – das konnte man beobachten. Und wenn Franzl bei seinen wöchentlichen Besuchen behauptete, da wären die Juden dran schuld, dann würde er vielleicht doch recht haben …? Langsam begannen die Weiningers den Argumenten Franzls zu glauben. Der kannte sich ja mittlerweile aus in der Politik! „Hitler bringt Arbeitsplätze!“, erklärte er immer wieder und bald würde es allen besser gehen, meinte er siegessicher. Man wollte ihm glauben und als er plötzlich in brauner SA-Uniform vor ihnen stand und aus dem etwas müßiggängerischen, liederlichen Franzl ein strammer Soldat geworden war, erntete er Bewunderung und Respekt von seiner Familie. Franzl Ahetner, der Ziehsohn Herrn Weiningers, des Bäckermeisters, das uneheliche Kind Mamas, das sie aber freundlicherweise in die Ehe mitbringen durfte. Damals war er drei Jahre alt. Nun war Franz Ahetner ein fescher Offizier in schmissiger Uniform, auf den im Hause Weininger alle stolz waren. Er wird schon das Richtige tun … Tun ja alle …

Kurz danach, am 12. März 1938 marschierte der deutsche Reichskanzler Adolf Hitler mit großem Pomp und Militär in Österreich ein. Familie Weininger war bereits wohl eingestimmt auf die künftigen neuen Zeiten. Am Morgen schrie der Zeitungsjunge die Meldung durch die Kleinstadt: „Hitler ist schon in Braunau, am frühen Nachmittag wird er in Linz sein!“ Franz, der sich längst in seine Uniform geschmissen hatte, eilte extra in die Kleinstadt – bald würde sie Kreisstadt heißen – um Befehle entgegenzunehmen. Dort rief er seinen Schwestern zu: „Kommt mit nach Linz – das wird euch gefallen!“ Apollonia und Maria tauschten einen kurzen Blick. „Ich muss erst in der Arbeit fragen“, meinte Apollonia, doch Franz war sicher, sie würde frei bekommen und Maria, die zuhause arbeitete, holte sich die Erlaubnis bei ihrer Mutter und schon waren sie am Weg zum Bahnhof.

Im restlos überfüllten Zug nach Linz und erst recht in der Hauptstadt lagen Aufregung und höchste Erwartung in der Luft. Immer mehr Menschen strömten auf den Hauptplatz. Franz begrüßte seine Kollegen mit einem strammen „Heil Hitler“ und war weg. Die Schwestern suchten sich einen guten Platz in vorderer Reihe und warteten erst mal ab. Inzwischen wurden Hakenkreuzfähnchen ausgeteilt, Musikkapellen formierten sich, Menschen strömten heran, Fenster öffneten sich um beflaggt zu werden, überall hörte man aufgeregtes Fragen: „Ist er schon hier?“ „Wann kommt er endlich?“ „Hast schon gehört, der Hitler bringt Arbeit!“ „Meinst er bringt auch Krieg?“ „Davor brauchen wir uns nicht zu fürchten!“ „Mit unserem Führer sind wir auf dem Weg in eine gute Zukunft!“ Während die Menschen noch diskutierten, ging plötzlich ein nervöses Raunen durch die mittlerweile riesige Menge: „Er kommt!" Alle jubelten, wedelten ihre Fähnchen, grüßten mit erhobener Rechten und bestaunten die martialische Inszenierung. Einen Händedruck von Hitler zu erhaschen war nun das Wichtigste für die Menschen in den vorderen Reihen – oder wenigstens einen Blick! Die Menge war begeistert! Apollonia und Maria wurden in den ekstatischen Strom mitgerissen. Alle Anwesenden schienen trunken vor Freude über diesen Führer, seine Entourage, seine Macht, die strahlende Zukunft, die er versprach. Alle?

Neben der berauschenden Begeisterung für Hitlers „Herrlichkeit" und die überwältigende Inszenierung machte sich noch etwas anderes in Apollonia breit. Sie konnte es nicht richtig benennen, diese fast unmerkliche, aber doch lästige und störende Empfindung, die direkt aus den Eingeweiden zu kommen schien: Es fühlte sich an wie Misstrauen, wie Angst. „Warum muss ein so großer Mann so schwer gerüstet einmarschieren?", dachte sie bei sich. Er war ihr ein bisschen unheimlich. Doch dann erblickte sie Franz, ihren großen Bruder, eingereiht in die marschierenden Nationalsozialisten, sah seine Begeisterung, seine Sicherheit und ließ sich einfach von ihm anstecken. Apollonia wischte sich die Haare aus der Stirn und ebenso ihre Zweifel: So viele können nicht irren! Auch sie streckte die rechte Hand zum Gruß: Heil Hitler!

Zuhause erzählten die Geschwister voller Begeisterung was sie gesehen und erlebt hatten. Maria konnte sogar von einem Blick von Hitler direkt in ihre Augen berichten und schwelgte darob fast im siebten Himmel. Die Weiningers waren beeindruckt. Über Ängste oder Sorgen sprach niemand. Und auch Apollonia schwieg. Ihr etwas unbehagliches, fast unheimliches Gefühl sollte die Stimmung nicht trüben.

Bei der Volksabstimmung über den Anschluss Österreichs an das Deutsche Reich – einen knappen Monat später – war die junge Frau nicht mehr unschlüssig. Mit „Ja" stimmte sie und das voller Überzeugung. Ebenso wie ihre Familie, ihre Freundinnen und wie auch ihr Chef und ihre Kolleginnen und Kollegen. Nur Max war unsicher. „Meine Mutter meint, Hitler bedeutet Krieg.“, erzählte er ihr voller Sorge. „Ach was, und wenn, haben wir den gleich erledigt!“, war ihre Antwort. Max starrte sie an und seine Angst wurde um nichts geringer. Aber auch er stimmte mit „Ja“, nicht unbedingt aus Überzeugung, sondern vielmehr deshalb, weil ihm ein ehemaliger Schulkamerad, der nun in brauner Naziuniform vor ihm stand, mit dem Finger auf den Wahlzettel gezeigt und freundlich aber bestimmt befohlen hatte: „Da, Max, da machst s'Kreuzl hin!“

Schon am nächsten Tag wurde Familie Weininger, ebenso wie alle anderen Hausbesitzer, aufgefordert eine Hakenkreuzfahne anzubringen. Man tat es gern. Der neue Bürgermeister holte alle zum Aufmarsch auf den Kirchenplatz – ab sofort Adolf-Hitler-Platz – und polterte in seiner Rede von einem herrlichen Führer, dem in eine großartige Zukunft zu folgen unser aller Heil sei. Heil Hitler. Apollonia mochte sich das Spektakel nicht entgehen lassen. Max folgte ihr und der kleine Walter wollte auch mit. Apollonias Eltern und Maria blieben zuhause und kümmerten sich um das Geschäft. Als Apollonia, Max und Walter zurückkehrten, erzählten sie ihnen vom neuen Bürgermeister und dass man nun näher zusammenrücken müsse. „Sie wollen, dass wir alle am Aufbau des Dritten Reiches mithelfen! Walter, wenn du ein bisschen größer bist, darfst du zu den Pimpfen und später zur Hitlerjugend!“, erzählte sie ihrem zweijährigen Brüderlein. Walter lachte sie an und freute sich über die gute Stimmung im Hause. „Für Mädchen gibt es den Bund Deutscher Mädel – da könnte man auch als Führerin mitarbeiten. Interessiert dich das?“, fragte Apollonia ihre Schwester. Diese zuckte mit den Schultern und wollte sich erst mal nicht festlegen. Als Franzl den Raum betrat, meinte er: „Sicher, geht zum BDM – ich melde euch gleich einmal an!“ Und damit war es entschieden. Apollonia und Maria Weininger sollten als BDM-Führerinnen ausgebildet werden.

Die Geschwister Weininger standen an der Schwelle zum eigenen Leben und planten ihre Zukunft. Franz, der schon vor einiger Zeit geheiratet hatte und Vater einer kleinen Tochter – Rosa – geworden war, machte sich Gedanken über seine Karriere und bewarb sich bei der SS – Schutzstaffel. Als „Alter Kämpfer", wie die Nazis ihre illegalen Anhänger aus der „Ostmark", aus Österreich, nannten, hatte er beste Chancen und wurde prompt in den Sicherheitsdienst aufgenommen. 1939 stieg er zum Führer der „Geheimen Staatspolizei" im Kreis Ried im Innkreis in Oberdonau auf, wie Oberösterreich seit dem Anschluss benannt wurde. Er zeigte dem – ohnehin nicht besonders geliebten – Bäckerhandwerk den Rücken und zog mit seiner Familie in das Innviertel.

Maria. Eine weitere Liebesgeschichte erfüllte das Haus Weininger. Auch Maria hatte sich verliebt. Alfred, ein 15 Jahre älterer Mann, hielt um ihre Hand an. Er war der Sohn eines Sattlermeisters und lebte in seinem Elternhaus im Zentrum der Kleinstadt. Noch hatte er den Betrieb nicht übernommen, sondern arbeitete als Gemeindebediensteter in der Lebensmittelbewirtschaftung – an der Kartenstelle. Von ihm erhielten die Bewohner die genau eingeteilten Karten für Lebensmittel, aber auch für Seife, Bekleidung, Schuhe, Rauchwaren usw. Alfred gab die Karten aus, führte Buch über jeden Haushalt und rechnete die Karten mit den Geschäften ab. Das stille junge Mädchen fiel ihm sofort auf …

„Maria, du bist so ein leiser Mensch", sagte einmal jemand zu ihr. Er könnte auch unauffällig oder gar nicht vorhanden gesagt haben. Sie machte sich selten bemerkbar. Das stimmte wohl.

Als Maria in ihre Familie geboren worden war, in welcher ein unehelicher Siebenjähriger und eine aufgeweckte Vierjährige ihre Rangordnung bereits erkämpft hatten, blieb ihre Anwesenheit meist unbeachtet. Während die große Schwester Apollonia leichtes Spiel in der Familie gehabt und ihren Vater sofort verzaubert hatte – sie war sein Mädchen, sein Kind, das er bald nur an seinen Fronturlauben während des Großen Krieges zu Gesicht bekam und nach dem er große Sehnsucht verspürte – hatte Franzl die schlechteren Karten. Er war geduldet – Apollonia die Prinzessin. Und nun, 1920, kam Maria zu Welt. Damals bewohnte die Familie ein kleines Häuschen in einer Marktgemeinde nahe der Kleinstadt. Der Vater verdingte sich als Bäckergeselle in einer kleinen Bäckerei im Ort. Armut und Existenzkampf waren ihm nichts Neues. Davor der Große Krieg, in dem er bis tief nach Italien hinein in den Alpen ein österreichisches Kaiserreich sinnlos verteidigte, das es so schon nicht mehr gab. Später, in den 20er Jahren hieß es Familie ernähren, von dem Wenigen leben lernen, das er als Bäcker und sie als Bedienerin heimbrachten. Maria purzelte in die karge Zeit nach dem Großen Krieg.

Und auch nach der Familie Weininger langten die Krallen der Armut. Auch sie mussten kämpfen um alle zu versorgen. „Wie sollen wir leben – überleben?" Mit diesen Gedanken fiel Herr Weininger Nacht für Nacht in einen unruhigen Schlaf, dennoch versuchte er seine nervöse Frau zu beruhigen: „Irgendwie werden wir's schon schaffen." Doch nur mit seinem Geld schafften sie es nicht. Mama musste sich als Haushaltshilfe verdingen um über die Runden zu kommen. Während der ältere Franzl in der Schule war, nahm sie ihre Mädchen mit in die Arbeit. Da galt es brav zu sein. Apollonia fand sich fast immer ein Spiel. Sie war fantasievoll, konnte sich in ihre Traumwelten versetzen und machte der Mutter wenig Arbeit. Und das Baby Maria? Das lag fest verschnürt im Wickelpolster und wenn es schrie, hatte niemand Zeit. Zunächst schrie es sich seinen Hunger, seine Unbehaglichkeit oder seine Schmerzen noch aus dem Leibe, doch schon bald lernte der Säugling, still zu sein, würde ja ohnehin niemand kommen … Und still war Maria auch als Kleinkind, als Schulkind, als junges Mädchen und als erwachsene Frau. Still.

Die Stille in ihr war hohl und mächtig zugleich. Sie vernichtete das zu Sagende, erklärte es für sinnlos und erstickte es im Keim. Es war eine Stille, die ein Aufbegehren oder Eintreten für sich oder andere als erfolglos prognostizierte. Eine gelernte Stille. Eine Stille, die Schritt für Schritt das Laute in ihr selbst überdeckte. Eine Stille, die resigniert war und ein bisschen verbraucht. Aber sie gehörte zu Maria wie das tönende Spektakel zu Apollonia.

Und diese junge Frau Maria, die stets von ihrer lauten Schwester übertönt, von den Erfordernissen des Alltags gefesselt und von Lebensfreude und Leichtigkeit in hohem Maße abgeschnitten war, lernte einen Mann kennen, der ihre Stille hören konnte. Sie begegnete dem 15 Jahre älteren Mann bei ihrem wöchentlichen Termin im Gemeindeamt um dort die Lebensmittelkarten abzurechnen. Der ernsthafte freundliche Mann von der Kartenstelle wollte nicht nur die Abrechnungen aus dem Bäckerladen haben, er wollte auch ihren Blick. Er interessierte sich für sie als Mensch, als Frau. Maria war achtzehn und hübsch. Sie wusste bereits die Blicke der Männer zu deuten und ihre Avancen abzuschmettern, denn noch war keiner dabei, der sie auch nur annähernd interessiert hätte. Doch dieser Mann berührte sie. Er war vertrauenswürdig, klug und kompetent, strahlte Sicherheit aus, wusste wie das Leben zu leben sei und – er interessierte sich für sie! Fragte nach ihrem Namen, nannte sie fortan bei diesem, schaute ihr in die Augen und bat sie schließlich, ob sie sich auch privat einmal treffen wollten. Sie freute sich ungemein, lehnte aber vorerst ab. Erst beim dritten oder vierten Anlauf willigte sie endlich ein.

Nun erfuhr sie, dass er Sattler und Tapezierer gelernt hätte und über kurz oder lang den Betrieb seiner Eltern übernehmen würde, dass er Geige spiele und gerne singe, dass er diesen Hitler für wichtig halte, denn er brächte Aufschwung und dass er kein Mann großer Worte sei, aber eines müsse sie wissen – er liebe sie. Maria war beeindruckt von diesem forschen Mann. Ihm könnte sie überall hin folgen, dachte sie bei sich und erwiderte seine Liebe. Sie liebte seine Verlässlichkeit, seine Korrektheit und sie liebte die Vorstellung, dass er sie wohl bald aus diesem anstrengenden Elternhaus holen werde!

Im Schatten ihrer großen bewunderten und verhätschelten Schwester musste sie ein regelrechtes Aschenputtel-Dasein führen. Eigentlich war sie ebenso musikalisch. Sie war klug und lerneifrig, fleißig und verlässlich. Außerdem war sie hübsch und hatte eine gute Figur. Sie hätte ebenso strahlend die Welt erleuchten können, aber ihr Licht wurde schon von ihrer Familie nicht wahrgenommen, auch nicht von den Freunden, den Kunden oder den Verwandten. Sie hatte früh gelernt, es klein zu halten, ihr Licht.

Das Verhältnis zu ihrem großen Halbbruder, dem um sieben Jahre älteren Franzl, war unverbindlich. Auch von ihm fühlte sich Maria nicht wahrgenommen. Auch er reflektierte nur auf die ältere Apollonia. Maria blieb in seinen Augen das Küken, das er nicht ernst nahm. Nur beim gemeinsamen Singen verflogen die Ränke der Weiningers. Sie stimmten sich aufeinander ein. Die Schönheit des Gesangs und des Singens hielt sie zusammen. Hier merkte auch der Franzl, dass seine kleine Schwester schön singen konnte, dass sie den Ton halten konnte und das „Zubisinga" wunderbar beherrschte. Wann immer die Weiningers beisammen saßen, Geburtstage feierten oder Franzls Hochzeit, wurde gesungen. Und dann waren sie alle gleich.

Im Alltag aber gingen Marias musikalische Fähigkeiten unter. Maria wurde gebraucht und eingesetzt, aber nicht beachtet. Ihr Licht schon gar nicht. Nur einer konnte es wahrnehmen. Alfred. Er zeigte es ihr. Er stärkte sie, er machte sie auf ihre Qualitäten aufmerksam, er forderte sie auf, sich nicht alles von ihrer großen Schwester oder ihrer Mutter gefallen zu lassen. Er sah sie wirklich und Maria genoss das Gefühl, wichtig genommen zu werden, eine Erfahrung, nach der sie ihr Leben lang gedürstet hatte.

Apollonias große Liebe Max, der Cellist, wiederum wollte seine Karriere im Orchester der Landeshauptstadt Linz fortsetzen. Dort kam es in den Wochen nach dem Anschluss Österreichs – der nunmehrigen Ostmark – zu vielen Umwälzungen. Einige Kollegen blieben weg, neue kamen. Sein bester Freund Samuel, der im Orchester die Erste Geige spielte, war von einem Tag auf den anderen verschwunden. Max fragte nach ihm, doch niemand wusste Bescheid. Er habe sich bei keinem gemeldet. War er krank, verhindert, was war los? Einige tuschelten, es verschwänden so manche und dass er wohl Jude und dies kein gutes Omen wäre … Die Musiker waren verwirrt, niemand wusste Antwort. Der Orchesterleiter beendete die Unruhe mit einem Federwisch, indem er keifte: „Wer weiterhin bei uns mitspielen möchte, soll gefälligst seinen Mund halten. Ihr seid zum Spielen hier und nicht zum Fragen!“ Betretenes Schweigen. Max klopfte das Herz. Er war verwirrt. Langsam begann er es den anderen gleich zu tun und stimmte sein Instrument. Man konzentrierte sich auf die Musik. Das lenkte ab. Doch die Beunruhigung kroch nach innen, sie blieb, auch wenn sich äußerlich niemand etwas anmerken ließ.

Nach der Probe eilte Max zu Samuels Wohnung in die Hofgasse der Linzer Altstadt. Ihm fiel auf, dass bei manchen Lokalen und Geschäften die Fenster eingeschlagen waren. „Komisch …“, dachte er, läutete an der Haustüre des Mietshauses und wartete auf Samuels Antwort. Nachdem niemand reagierte hatte, versuchte er das schwere alte Tor zu öffnen. Mit Erfolg. Er lief durch das alte Gewölbe einen langen Gang nach hinten, stieg die Treppe hinauf in den zweiten Stock bis an Samuels Wohnungstür. Noch einmal läutete er. Nichts. Dann klopfte er und rief: „Ist jemand zuhause, ich bin's, der Max!“ Die Tür öffnete sich, Samuel, leichenblass und mit scheuem Blick stand vor ihm. Er sah sich um, bevor er Max bat einzutreten. „Was ist mit dir?!“, fragte Max besorgt. „Gekündigt haben's mich und wenn ich mich aufreg', werd' ich schon seh'n, was passiert …“

Max blieb an diesem Nachmittag noch lange bei seinem Freund, sie tranken Schnaps auf den Schreck und Samuel erzählte:
„Die haben uns schon seit März, seit dem sogenannten Anschluss, im Visier. Seither ziehen immer wieder SA-Horden durch die Altstadt. Ein furchterregendes Schauspiel ist das, Max. Die Braunhemden grölen, lachen, zerstören unsere Auslagen und schlagen mutwillig um sich! Einige von uns wurden einfach niedergeschlagen. Kannst du dir das vorstellen?"
„Um Gottes Willen, darum die zerschlagenen Fenster?", fragte Max betroffen.
Samuel zitterten die Lippen:
„Ja. Die wollen, dass wir verschwinden. Auswandern sollen wir", flüsterte er und setzte fort: „Meinem Freund, dem Inhaber vom Kaufhaus Kraus & Schober, haben sie alles weggenommen – einfach so, nur weil er Jude ist … Arisieren nennen sie das."
Max hörte mit wachsendem Entsetzen zu, während sein Freund weitererzählte:
„Wer nicht freiwillig geht, den schicken sie in ein Lager in Dachau."
„Welches Lager?"
„Sie nennen es Konzentrationslager. Oder sie stecken uns in Schutzhaft. Manche kommen da nur tot wieder heraus. Wie ein anderer Freund aus unserer Gemeinde, seine Frau hat sich dann das Leben genommen … und Max …"
„Ja?"
„Sie ist nicht die Einzige!" Die Männer kippten den Schnaps hinunter, ihre Hände zitterten.
„Was kommt da auf uns zu?", fragte Samuel voller Angst:
„Was soll ich nur tun? Ich bin so gerne hier in Linz, ich bin so gerne Musiker, ich will nicht weg!" Die beiden suchten nach Lösungen.
„Der Bruder meiner Verlobten hat bei den Nazis was zu sagen, vielleicht kann er dir helfen?", schlug Max vor. Samuels Augen leuchteten kurz auf, doch dann schüttelte er den Kopf:
„Ich glaub, von denen wird sich keiner für einen Juden einsetzen."

Doch Max ließ nichts unversucht. Als er wieder bei Apollonia zu Besuch war, fragte er nach Franz, er wolle mit ihm reden. Zum Abendessen kam er, der Bruder, der mittlerweile zum Oberscharführer ernannt worden war – auf seiner Uniform prangte das SS-Zeichen am Kragenspiegel. Nun brauchte er nichts mehr hinter seinem Revers zu verstecken, wie bis vor kurzem das Hakenkreuz. Apollonia war immer wieder aufs Neue erstaunt, wie sehr sich ihr Bruder verändert hatte. Seine Schritte, die er früher leise und schleichend führte, waren nun fest und laut. Seine Stimme hatte einen Befehlston bekommen und seine Haltung war aufrecht und stramm. Franz warf seine Handschuhe auf den Tisch und fragte, was der Max denn wolle.

„Einige Kollegen sind nicht mehr im Orchester – einfach verschwunden. Auch meinen Freund Samuel hat's erwischt … Du hast doch Einfluss. Kannst du nicht irgendwas für ihn tun?", bat Max.

Franz pfiff durch die Zähne, setzte sich, schlug seine Beine, die in Stiefeln steckten, elegant übereinander, nahm seine Schirmmütze ab und legte sie voller Sorgfalt auf den Tisch, daraufhin strich er sich langsam mit beiden Händen die Haare glatt. Als er endlich fertig war, erklärte er süffisant: „Weißt du Max, die deutsche Rasse ist zäh wie Leder und hart wir Kruppstahl. Wir sind ein Volk der Kultur – und der Disziplin. Und wenn jemand nicht in dieses Format passt, ist es nur gut, wenn wir uns von diesen Parasiten befreien. Oder möchtest du, dass Flöhe, Wanzen oder Läuse dein Bett besudeln und dich belästigen?"

Daraufhin drehte er sich zu Tisch und wandte sich dem Essen zu. „Kann ich das Salz haben, Mama?", fragte er ungerührt.

Noch einmal wandte er sich an Max: „Besser er verschwindet … auf eigene Faust!"

Max erschrak. Apollonia ebenfalls. Doch sie fasste sich rasch, zog Max an der Hand und lachte gekünstelt: „Immer diese Politik! Er wird schon wieder was finden, der Samuel. Komm, lass uns spazieren gehen!"

Auch den Kontrabass spielte bald darauf ein Neuer und die Zweite Geige ebenso. Max wurde auf unmissverständliche Weise klar, dass die neuen Zeiten mit ihren Veränderungen nicht auf sich warten ließen. Seine Freunde waren Juden und hatten keine Chance mehr eine Arbeit als Musiker in öffentlichen Orchestern zu finden. Wie ungeheuerlich schwer sie der Nationalsozialismus darüber hinaus treffen würde, konnten – und wollten – zu diesem Zeitpunkt nur wenige ahnen. Doch die Schikanen und Misshandlungen hatten begonnen und sie sollten einige Monate später einen weiteren Höhepunkt erreichen – vom 9. auf den 10. November in der Pogromnacht gegen die jüdische Bevölkerung, die als „Reichskristallnacht" in die Geschichtsbücher eingehen wird.

Auch Samuel, der sich nicht zum Auswandern entschließen konnte, wurde eines von vielen Opfern. Mitten in der Nacht erwachte er vom Lärm auf der Straße. Er sah aus dem Fenster und beobachtete, wie eine Horde Männer schreiend von Auslage zu Auslage lief, wie sie brüllend und grölend mit Steinen Fensterscheiben und Auslagen einschlugen und mit weißer Farbe den Judenstern auf Hauswände und Glasscheiben malten. In einem schieren Gewaltrausch zerrten sie jüdische Bewohner aus den Häusern und schlugen auf sie ein. Frauen und Kinder eilten ihren Männern zu Hilfe, sie wurden brutal weggestoßen. „Juden raus!", skandierte der geifernde Mob. Samuel eilte seinem Vater zu Hilfe, der bereits verletzt auf der Straße lag. Plötzlich schrien die Leute: „Die Synagoge brennt!" Rasch schleppte er seinen Vater zurück in das Haus, wo sich seine Frau um ihn kümmerte. Dann eilte Samuel zur Synagoge um bei den Löscharbeiten zu helfen. Die Feuerwehr war bereits vor Ort, sie richtete aber den Wasserstrahl nicht auf die brennende Synagoge, sondern auf die umliegenden Gebäude, damit das Feuer nicht um sich greife. Die Menge grölte und lachte. „Bald ist Linz judenfrei!", hörte Samuel sie einander zujubeln. Da erfasste ihn grenzenlose Wut und er packte den Nächstbesten, der gerade einen jüdischen Bewohner anrempelte, am Hemd und schlug ihm mit der Faust ins Gesicht. Das Letzte, an das er sich später – im KZ Dachau – erinnern wird, waren Schläge in den Rücken, ins Gesicht, in den Bauch, während er am Boden kauerte und mit seinen Händen seinen Kopf bedeckte.

Max hatte von den schrecklichen Ereignissen dieser Nacht gehört und versuchte in den folgenden Wochen immer und immer wieder Kontakt zu seinem Freund aufzunehmen, aber in seinem Viertel konnten die Wenigen, die noch hier waren, keine Auskunft geben. Auch die Polizei hüllte sich in Schweigen. Max war zutiefst beunruhigt.

Der neue Ton, die neue Ordnung, die sich überstürzenden Neuigkeiten gefielen ihm überhaupt nicht. „Hitler bedeutet Krieg." Die Worte seiner Mutter gingen ihm nicht aus dem Kopf. Wenn er mit Apollonia über seine Ängste sprechen wollte, strich sie ihm zärtlich über den Kopf, küsste seinen Hals und raunte: „Lass uns nicht von Politik sprechen, die ist doch viel zu langweilig für uns! Ich weiß was Schöneres …" Sprach's, rammte einen Sessel vor die Tür und schubste den Verlobten auf ihr Bett. Sie erlebten die wunderbarsten Stunden ihres Lebens, doch das Grauen wühlte bereits als leises Vorgefühl in ihren Leibern. Apollonia wollte es nicht wahrhaben. Sie wollte ihre junge Liebe mit Max genießen, sie wollte sich nicht sorgen oder ängstigen, sie wollte nicht zweifeln oder in Frage stellen. Sie war jung! Sie war voller Leben! Und sie wollte leben – das war alles – das würde doch wohl nicht zu viel verlangt sein! Das stünde ihr zu, beharrte sie, wenn Max wieder schwierige Themen ansprach und seine Sorgen loswerden wollte:
„Ist es nicht eigenartig, dass Samuel einfach verschwunden ist?!"
Apollonia sagte nur, sie hätten wohl ein Recht auf ihr eigenes Leben, auf ihre Liebe. „Grübeln bringt deinen Samuel auch nicht zurück!", behauptete sie.
„Aber, wenn sie ihn in eines dieser Lager gebracht haben?"

„Ach, immer nur Samuel, Samuel …" Apollonia war verärgert und traurig. Sie hätte wohl genug damit zu tun, den Tod ihrer Brüder zu vergessen, die Schuldgefühle klein zu halten und ihre Bauchschmerzen zu unterdrücken, dachte sie. Und schon gar nicht wollte sie sich auf jene Misstöne einlassen, welche Hitler und die Nationalsozialisten verursachten. Apollonia wollte nicht fragen, sie wollte einfach nur jung und glücklich sein!

Kurze Zeit später begann der Krieg. Die ersten Männer wurden eingezogen und mussten sich zur allgemeinen Stellung sammeln. Mit Ross und Wagen zogen die Kolonnen durch die Kleinstadt weiter nach Wels und Linz. Apollonia nahm ihren kleinen Bruder Walter an die Hand und eilte mit ihm zur Durchzugsstraße beim Kino um das traurige Spektakel zu bestaunen. Als sich eine Lücke auftat, überquerten sie die Straße und begrüßten Apollonias Freundin Martha.
„Hast schon gehört, der Sepp und der Lois sind auch dabei", erzählte Martha. Die beiden Männer waren einst mit ihnen zur Schule gegangen.
„Wirklich?", fragte Apollonia erstaunt. Die beiden hatten als Klassenbeste in der Volksschule als einzige eine weiterführende Schule besucht und anschließend sogar ein Studium der Rechtswissenschaften in Wien begonnen.
„Na hoffentlich kommens' bald wieder heim", versuchte Apollonia ihre Freundin und sich selbst zu beruhigen.
Marthas Bruder hatte Glück. Er war als Bierbrauer nicht einberufen worden. Die beiden Frauen beruhigten sich gegenseitig und verweigerten den Gedanken, dass auch nur einer dieser vorüberziehenden jungen Männer nicht mehr nach Hause kommen würde. Sie grinsten verstohlen, wenn sie bewundernde Blicke erhaschten, kicherten und stießen sich gegenseitig in die Seite. Krieg – dieses hässliche Wort ließen sie nicht in ihr Bewusstsein. Nur der kleine Walter, dem die Zeit, in welcher die Straße von den Marschierenden verschlossen war, endlos erschien, bekam Angst und begann zu weinen.

Als Max an diesem Septemberabend seine Freundin besuchte, kam es erstmals zu einem heftigen Streit zwischen den beiden.
„Ach dieser Polenfeldzug ist bald vorüber!", behauptete Apollonia, nachdem Max einmal mehr seine Bedenken geäußert hatte, worauf er sie besorgt anstierte:
„Krieg, Apollonia, Krieg, weißt du was das bedeutet? Das bedeutet, dass Menschen sterben, dass sie abgeschlachtet werden für etwas … etwas … etwas …", suchte er nach Worten: „ … für etwas völlig Sinnloses, für ein deutsches Reich, das angeblich unser Vaterland sein soll. Aber das hier, das ist doch Österreich. Unser Vaterland gibt es nicht mehr, Apollonia. Und wenn … Ich würde auch dafür nicht töten wollen! Verstehst du das nicht? Krieg ist keine Lösung!"
„Aber sicher ist es eine Lösung!", behauptete Apollonia: „Schließlich müssen wir uns gegen den Überfall der Polen wehren. Das können wir doch nicht einfach auf uns sitzen lassen! Da müssen wir halt ein bisschen reinbeißen. Aber dieser Hitler wird uns schon wieder rausführen!"
„Ach Apollonia, hör mir doch mit Hitler auf!", presste Max empört hervor: „Der reitet uns ins Verderben, sonst nirgends hin! Und außerdem weiß man doch gar nicht, ob uns die Polen wirklich angegriffen haben!"
Da klopfte es an der Tür und Apollonias Vater kam herein: „Kinder, ihr müsst leise sein – euer Gespräch braucht wirklich nicht die ganze Gassen z'hören! Ihr müsst euch zusammenreißen!", erklärte er mit strengem Blick auf Max.

Herr Weininger war mittlerweile zum Blockwart ernannt worden und hatte die Aufgabe, derart defätistische Aussagen sofort zu melden. Er legte seinen Zeigefinger an die Lippen und sah sie beschwörend an: „Seids ja still!"
Die beiden seufzten.
„Ach Apollonia!"
„Ach Max!"

An diesem Abend schenkte er ihr einen flüchtigen Kuss und verabschiedete sich traurig: „Und wenn's mich erwischt? Bist du dann auch so begeistert vom Krieg?"
Apollonia blieb noch lange in der Tür stehen und fühlte sich elend, unendlich traurig, verwirrt. Angst kroch in ihr hoch. „Wenn er einrücken muss?"
Dann spürte sie plötzlich wie heißer Zorn von ihr Besitz griff: „Warum sagt er das?! Warum macht er mir Angst? Warum ist er nur so gemein? Warum tut er mir das an?", fragte sie sich, ihren Geist zermarternd. Sie fand keine Ruhe, an Schlafen war nicht mehr zu denken, die Krämpfe begannen wieder. Noch in dieser Nacht musste Apollonia ins Krankenhaus gefahren werden. Als Max dies erfuhr, sie besuchte und sie in ihrem Elend liegen sah, schwor er sich, seine geliebte Apollonia nie wieder derart zu verunsichern und zu belasten. Ihre sensible Künstlernatur würde das nicht ertragen.

1976

Wie gut, dass ich meine Papiere in Ordnung habe. So kann ich den Termin beim Notar perfekt vorbereiten. Perfekt, alles passt hervorragend. Hier ist der Kaufvertrag mit der Wohnungsgenossenschaft, hier die Bestätigung der Bank, dass die letzte Rate bezahlt ist. Ja, ehrlich gesagt, ich bin wirklich ein bisschen stolz auf mich. Dieses Haus ist mein Werk. Ich habe es alleine aufgebaut. In den 60ern war ich so ziemlich die einzige Frau, die mit den Herren von der Genossenschaft verhandelt hatte. Die hatten mich zuerst völlig ignoriert und gemeint, sie möchten auf meinen Mann warten. Den gab's aber nicht. Ich musste selbst meinen Mann stellen – und ich habe es geschafft. Und mittlerweile auf Groschen und Pfennig abbezahlt.

Und nun ist es so weit – meine Kleine wird meinen gesamten Besitz bekommen. Nur ein Termin beim Notar, ein paar Unterschriften und das Haus gehört ihr. Wohnrecht für mich, klar, solange ich lebe, aber wenn ich tot bin, hat sie ausgesorgt, mein Mädchen. Vielleicht versteht sie heute den Wert dieses Geschenks noch nicht, aber sie wird mir irgendwann dankbar sein. Hoffentlich.

Die Unterlagen also in die Mappe, ich beschrifte sie noch: Hausübergabe. Schön sieht das aus. Meine schmalen exakten Lettern, die ich durch jahrelange Arbeit in Sekretariat und Buchhaltung erworben habe, schauen richtig sauber und seriös aus. Nun habe ich eine Zigarette verdient. Ach schon wieder fast zu Ende. Gut, dass ich immer meinen Vorrat Falk im Hause habe. Ich hole mir eine neue Packung aus der Lade in der Küche, setze mich wieder auf die Bank und zünde mir die wohlverdiente Zigarette an. Ich blase Ringe in die Luft – geht doch! Das hat ihr immer so gefallen. Ja meine Liebe, das ist wahrlich ein wichtiger und ernster Schritt, den wir da machen! Ab morgen gehört mir nichts mehr. Ab morgen bin ich fast mittellos.

Ich bin jetzt 60 Jahre alt, meine Pension ist klein – ersparen kann ich nichts. Den oberen Stock meines Reihenhauses vermiete ich – das fettet meine Pension ein bisschen auf. Und da ich die Buchhaltung für das Geschäft meines Bruders Walter erledige, verdiene ich mir noch ein weiteres kleines Zubrot. Es ist wirklich ein Zubrot – es sind Lebensmittel, die mir jede Woche vorbeigebracht werden. Vornehmlich durch meine Kleine. So habe ich fast jede Woche Besuch von ihr. Zum Glück. Ob sie mich sonst auch besuchen würde? Aber sicher. Sie mag mich doch! Sie ist doch mein Mädchen! Mein Kind. Meine Kleine.

Und morgen ist es so weit! Morgen bin ich ganz in ihrer Hand. Nun doch ein bisschen nervös dämpfe ich die Zigarette aus … und greife gleich zur nächsten. Aufregend dieses Gefühl. In ihrer Hand zu sein. Ich nehme einen tiefen Zug. Aber sie wird es mir wohl danken. Sie wird mich umarmen und mir sagen, wie sehr sie mich liebhat und wie dankbar sie ist, dass es mich gibt. Sie wird mich küssen und zärtlich streicheln, sie wird Tränen in den Augen haben und mir immer und immer wieder um den Hals fallen! Ja, das wird sie tun, denn das ist doch das Mindeste! Bei allem was ich für sie tue und getan habe, ist es doch selbstverständlich, dass sie mir so – genau so – ihre Dankbarkeit zeigt und ihre Liebe …

Ich nehme einen tiefen Zug. Wird sie sich so verhalten? Wird sie tun, was ich mir vorstelle, was sich doch eigentlich ziemen würde? Langsam wird mir heiß und unangenehme Gefühle steigen in mir hoch! Nein, sie wird es nicht tun. Ärgerlich über diese Illusionen klopfe ich die Asche ab, sodass der Glutstock auf den Tisch fällt. Vorsichtig betupfe ich die Glut mit dem Rest der Zigarette, ja sie hält, nun nehme ich vorsichtig einen Zug, um den Tabak wieder mit der Glut zu verbinden. Es gelingt nicht. Ärgerlich werfe ich sie in den Aschenbecher und drücke am Knopf, der durch die Drehung des Deckels den Zigarettenrest in das Innere befördert. Nein, meine Nichte wird mich wohl nicht freudestrahlend umarmen. Sie wird etwas verschämt und unbeholfen dem Übergabeakt beiwohnen, wird vielleicht sagen, dass sie noch gar nicht recht weiß, was sie damit anfangen soll und dass sie noch gar nicht dran denken will, wenn sie es einmal ganz besitzen wird und sie wird vielleicht leise Danke sagen. Viel mehr kann ich wohl nicht von ihr erwarten. Sie ist ein verstocktes Kind, sie hat kein Talent für die große Geste. Dazu ist sie viel zu schüchtern und unsicher. Die Kleine. Leider. Meine Begabungen sind ihr nicht geschenkt. Aber was soll's. Sie gehört mir.

Es treibt mich zu meinem Schmuck. Ich muss die Dinge fühlen. Und auch das wird einmal ihr gehören: Langsam öffne ich die Lade mit meinen persönlichen Schätzen. Es überfällt mich immer wieder ein kleiner Schauer, wenn ich meine samtene Schatulle öffne – langsam streiche ich mit meinen Händen darüber, genieße die verheißungsvolle weiche Oberfläche – und halte schließlich meine Schmuckstücke in Händen. Die tropfenförmigen Ohrringe – bekommt sie; die Kette mit schwarzen Blutsteinperlen – bekommt sie. Die rote Korallenkette mit passendem Armband – bekommt sie. Alle meine Ringe mit den großen wunderschönen Edelsteinen, mit dem rot leuchtenden Rubin, mit dem unverschämt türkisen Aquamarin, mit dem dunkelroten Granat – alle meine Schmuckstücke bekommt sie – wenn ich tot bin. Es waren aufregende Zeiten, als ich sie trug! Ich war immer adrett und schmuck. Ich ließ mich nie gehen. Eine Schönheit, ja das war ich und alle haben mich bewundert. „Ein Prachtweib", haben sie mich genannt. Ach, was für eine perfekte Fassade … Diesen Anhänger, der aussieht wie eine goldene Schleife, der ist von Max. Das Einzige, das mir von ihm geblieben ist. Ach Du. Und dieses Stück – eine längliche Brosche mit weißen Tupfen – ist von … Nein, weg damit, an den will ich gar nicht mehr denken! Der hat meine Grazie, meine Talente und meine Ausstrahlung nicht zu würdigen gewusst. Nein, der war es nicht wert. Kein Kummer, wirklich nicht! Ich schüttle den Kopf und lache auf.

Während ich die Schmuckstücke wieder in die Schatulle einordne, frage ich mich, ob meine Kleine dieselbe Ausstrahlung erlangen wird? Jetzt sieht es noch nicht danach aus. Noch ist sie ein stilles Mauerblümchen. Warum hat sie nicht mehr von mir? Schade. Auch wenn ich sie animiere, mehr aus sich heraus zu gehen, mir zu zeigen, welche Gefühle sie hat, mir alles zu sagen – „Mir kannst du ja vertrauen!" … Da kommt leider ganz wenig zurück. Wenig, aber zumindest ein bisschen was. Als ich sie neulich fragte, ob sie verliebt sei, erzählte sie mir rot werdend, dass sie tatsächlich einen Burschen im Blick habe. Und? Sie zuckte die Schultern und zog verschämt ihren Kopf ein. „Ja ja die Liebe – davon kann ich dir ein Lied singen! Weißt du, meine große Liebe war der Max", erzählte ich ihr. „Er war Cellist, ein toller Musiker, wirklich. Und ich ja auch. Wir verstanden uns so gut. Als ich ihn kennen lernte, war ich 20." Dann wollte sie alles wissen und ich grub in meinen Erinnerungen … Das sind schöne Stunden mit ihr.

Mit einem Seufzer verräume ich meine Schätze wieder. Irgendwann sind sie in ihrer Hand und dann wird sie vielleicht die attraktive Frau, die ich einmal war, dann wird sie vielleicht ein Prachtweib wie ich. Ein wenig Formung wird sie allerdings noch brauchen.

Reihenhaus mit Garten in einer Siedlung am westlichen Stadtrand, fünf Minuten in das Stadtzentrum, 20 Minuten zum Bahnhof, wenige Schritte in die Natur, zur Ache und ihren Altarmen. Es liest sich wie aus dem Werbeprospekt. Sie kann sich alle zehn Finger ablecken für dieses kleine Paradies! Ein hübscher kleiner Garten – ein wenig wild und natürlich, nicht so geradlinig aufgeräumt und spießig wie bei den Nachbarn, habe ich ihr erklärt. Sie hat nur gegrinst. Ja, sie fände das auch viel schöner … Und das alles bekommt sie, weil ich sie auserwählt habe, weil sie es ist, die meine Liebe hat.

Sie bekommt es – und nicht Ihr. Ihr meine Liebsten – für Euch kann ich nur in meinen tiefsten Gedanken Eure Mutter sein. In Gedanken, von denen niemand weiß, die nur Ihr und ich kennen. Es sind Gedanken, die in meinen Eingeweiden lagern und zum Himmel schreien. Und doch kann sie niemand hören. Niemand. Nur Ihr. Seid Ihr einverstanden? Ja Ihr seid es. Das ist schön. So sei es.

Kriegsjahre I

Am 1. September 1939 hatte der Krieg begonnen und schon bald war auch das Haus Weininger betroffen. Marias Geliebter, Alfred, erhielt die Einberufung. Maria war schockiert. Sie hatte so sehr an ihre große Liebe geglaubt und gehofft, er würde sie aus ihrem Elternhaus befreien, in dem sie sich so oft so missverstanden und unbeachtet fühlte, in dem sie sich ungerecht behandelt fühlte, in dem sie nichts zählte, wie sie meinte. Nun war Alfred da! Die 19-jährige Maria war überglücklich und hoffte so sehr auf ihr gemeinsames Leben.

„Maria, hab keine Sorge. Ich komme zurück. Ich habe nur einen Wunsch: Heirate mich, bevor ich gehen muss!"

Am 16. Oktober 1939 gab sie ihm das Ja-Wort. Die beiden zogen in sein Elternhaus und Maria half mit in der Sattlerei. Bald darauf war sie allein mit ihren beiden Schwägerinnen. Es war so weit. Alfred rückte ein.

Für Franz hingegen bot das Regime große Karrierechancen. Schon im April 1939 wurde er vom ehrenamtlichen SA-Mitglied zum hauptamtlichen Angestellten im Sicherheitsdienst bestellt. In einer späteren Beurteilung schrieb der zuständige SS-Untersturmführer: „Franz Ahetner leitet seit dieser Zeit die SD-Außenstelle Ried zur vollsten Zufriedenheit. Seine Arbeit zeichnet sich durch Selbständigkeit, Fleiß und Verantwortungsfreudigkeit aus. Sein Auftreten ist in jeder Lebenslage einwandfrei und sicher. Charakterlich muss er als offen und ehrlich bezeichnet werden. Seine innere und äußere Haltung als Mensch und Nationalsozialist ist tadellos. Durch seine langjährige illegale Tätigkeit als Nationalsozialist muss er als weltanschaulich gefestigt angesprochen werden. Gezeichnet der Führer des SD-Abschnittes Linz, SS Untersturmführer Nöllinger", las Franz seiner Ilse mit stolzgeschwellter Brust vor.

„Wie gut, dass du ein alter Kämpfer bist!", schmeichelte sie ihm.

„Wir gehen in eine große Zukunft meine liebe Ilse. Lass uns darauf anstoßen!", sagte er und holte rasch eine Flasche Rotwein aus dem Regal.

„Prost Franz, ich bin so stolz auf dich!"

Der Krieg verschonte die Kleinstadt nicht. Junge Männer erhielten ihre Einberufungsbefehle. Sie ließen ihre Familien, ihre Arbeit, ihre Freundinnen und Freunde zurück und fügten sich dem unbekannten Schicksal. Die Post war in diesen Tagen kein freundlicher Bote. Neben den Befehlen zum Kriegseinsatz wird sie bald auch die ersten Todesnachrichten bringen.

Es war ein wolkenloser klarer Wintertag, als Max Haager sein Rad aus dem Schuppen holte, seiner Mutter kurz Bescheid gab: „Ich fahr in die Stadt!" und sich auf den Weg zu Apollonia machte. Seine Sinne waren wie betäubt, er fühlte keinen Wind und keine Kälte, wie automatisiert schwang er sich auf sein Rad, wie ein funktionierender Apparat trat er in die Pedale und lenkte sein Rad auf die Bezirksstraße. Er hörte kein knatterndes Motorrad an ihm vorbeifahren. Er sah den Pfarrer nicht, der ihn gegrüßt hatte, auch die Wirtin, die ihren Einkauf heimtrug, nahm er nicht wahr. „Servus Max, schon wieder unterwegs?", rief sie ihm zu. Er setzte seine Fahrt fort, als wäre er nicht er selbst, als würden seine Beine von einer fremden Maschine gesteuert, als würden seine Augen von fremden Sensoren gelenkt. Er spürte nur den Brief an seiner Brust, den Brief, den er so gefürchtet hatte, den Brief, der ihm mitteilte, dass er nun schon dran wäre, dass er keine Schonfrist mehr habe. Das hatte er insgeheim gehofft. Dass man ihn noch ein paar Jahre spielen ließe, dass er seine junge Liebe zu Apollonia leben dürfe, dass er seine Familie unterstützen dürfe. Dass man ihn noch nicht in diesen verdammten Krieg schicken möge! Nicht in diesen verdammten Krieg.

Max war auf dem Weg zu Apollonia. Er erhoffte sich Trost durch ihre Nähe. Würde er es ihr sagen können? Seiner Mutter verschwieg er es noch. Er war der Jüngste der Haagers und der erste, den sie holten. Mutter würde noch mehr verbittern, fürchtete Max. „Hitler bedeutet Krieg", hatte sie gesagt, als alle beeindruckt vom Einmarsch der Nationalsozialisten waren und die allermeisten für die Annexion Österreichs stimmten. Max war nicht sicher,

ob sie es gewagt hatte, das Nein anzukreuzen. Er hatte beobachtet, wie sie den Stimmzettel dem SA Mann vor die Füße warf. Verärgert musste sich der Vertreter des neuen Reiches – des Dritten Reiches, wie sie vollmundig behaupteten – darum bücken, während sie erhobenen Hauptes das Amt verlassen hatte. „Sicher, Wie ich sie kenne … sie hat Nein angekreuzt. Ist das jetzt die Rache?", fragte sich Max, während es ihn entlang schneebedeckter Wiesen in die Kleinstadt führte. Dort wurde Wochenmarkt abgehalten. Langsam schien Max zu erwachen. Der Trubel forderte seine Aufmerksamkeit. Er stieg vom Rad und schob es durch die Menge. Wortfetzen nahm er auf:
„Mehlige Erdäpfel beste Qualität – da wird a guats Püree draus."
„Na dann gib ma drei Pfund – wie wir ja jetzt sagen müssen."
„Drei Pfund, sehr gern, Heil Hitler"
„Pfiat God".

Max hielt nach Apollonia Ausschau. Er wusste, dass sie gerne unter Leute ging. Der Wochenmarkt war meist ein Pflichttermin für sie. Tatsächlich, sie plauderte mit ihrem Theaterfreund Otto, als er dazu stieß. Sie grüßten sich. Otto klopfte an sein Herz und zwinkerte Apollonia zu. Sie nickte lächelnd. Dann hängte sie sich bei Max unter und verabschiedete sich vergnügt: „Pfiat di Otto, hoffentlich spielen wir bald wieder!" „Pfiat euch!" Max spürte Apollonias Nähe und genoss es. Bittersüß schmeckte ihr Geruch heute. Bittersüß klang ihre Stimme in seinen Ohren. Bittersüß ihre Wärme an seiner Seite.

Er hatte drei Wochen. Bis Ende des Monats musste er allen Bescheid gegeben haben, seiner Familie, dem Orchester, seinen Schülern, die bei ihm Geige lernten, und schließlich – und davor hatte er am meisten Angst: Apollonia. In drei Wochen war er in die Welser Kaserne einberufen. Der Rest hieß Krieg – Vorbereitung auf den Marschbefehl, Warten auf das verordnete Töten und Getötet werden. Während sie langsam vom Stadtplatz heimspazierten, waren seine Sinne wieder hellwach. Er nahm ihren Duft wahr und fühlte

Krieg. Er sah in ihre funkelnden dunklen Augen und fühlte Krieg. Er beobachtete wie sie ihre Stirnlocke hinter ihr Ohr strich, vergeblich wie immer – sie fiel ihr wieder in die Stirn. Max fühlte Krieg. Sie erzählte von ihrem kleinen Bruder, dem Vierjährigen, der so gerne im Bach spielte und unter den Steinen einen Weißfisch herausgefischt hatte: „Dann nahm er dieses grausliche Vieh und hielt es mir vor die Nase. Ich hab' natürlich aufgeschrien und bin davongelaufen. Das hat ihm … Sag mal, hörst du mir überhaupt zu?", fragte sie nun. Max schien durch sie hindurch zu blicken. Sie stieß ihn sanft in die Seite: „Apollonia an Max – bitte melden!", lachte sie.
Er lachte ebenso, schlang seine Arme um sie und drückte sie fest an sich. Das Rad war an seine Füße gelehnt. Apollonia schmiegte sich an ihn.
„Vorsicht, die Leute reden schon …"
„Ich liebe dich so sehr", seufzte Max, dann nahm er ihr Gesicht in seine Hände und ergänzte: „Für immer."
Apollonia war selig.
„Ich dich doch auch", lächelte sie, verwundert über seinen emotionalen Überschwang. Leise gingen sie weiter.

Zuhause drückte Apollonia Maria den Einkaufskorb in die Hand und lief mit Max auf den Pfad am Bach zu. Apollonia war unbeschwert und fröhlich. Nicht einmal ihre Krankheit belästigte sie an diesem wunderbaren Tag.
„Ist das nicht das größte Glück? Hier gemeinsam mit dir zu sein?"
„Ja das ist es!", beantwortete er ihre Frage traurig und beobachtete sie:
„Und die Vögel zu beobachten", setzte sie fort: „ …die den Winter netterweise bei uns verbringen …" Sie breitete ihre Arme aus: „Die Wintersonne zu spüren …" Nun hielt sie ihr Ohr an seinen Mund: „Und deinen Atem zu hören, wenn du mir ganz nah bist. Und ihn auf meiner Haut zu fühlen und …" Sie lachte wieder und drehte

eine Pirouette: „… das Gurgeln des Baches hier bei der Wehr zu hören!“
„Ja! Ist die Trauerweide nicht wunderschön? Ihre Zweige berühren ja fast den Boden!“, schwärmte nun auch Max, während er sie an sich zog. So standen sie beide unter dem mächtigen Baum und blickten hinauf in die Krone.
„Unser Baum!“, sagten sie aus einem Munde. Sie lachten. Max sog jede Minute dieses Nachmittags in sich auf – und fühlte das nahende Grauen. An diesem Tag verschwieg er seinen Einrückbefehl.

Erst erfuhr es sein Bruder, dann seine Mutter, schließlich sein Chef und … erst zwei Wochen später verriet er es seiner Verlobten. Es traf sie wie ein Blitz. Natürlich, sie wusste, schon einige waren weg. Alfred, Nachbarn, manche Kollegen aus der Theatergruppe …
Aber doch niemals Max! Doch niemals er! Sie weinten gemeinsam. Sie fragte immer und immer wieder:
„Wann kommst du zurück?“
Und Max antwortete ebenso oft: „Apollonia, ich weiß es doch nicht.“
„Du musst es wissen. Ich brauche dich. Du darfst mich nicht verlassen!“, schrie sie verzweifelt und schluchzte.
Max hielt sie fest, schlang seine Arme um ihren erschlaffenden Körper und stimmte das Lied von der Forelle an: „In einem Bächlein helle …“ Langsam stimmte Apollonia schluchzend ein. Im Singen beruhigte sich ihr aufgewühltes Gemüt langsam. Sie entspannte sich. Dann waren die beiden lange Zeit still. Schließlich flüsterte Max zärtlich: „Wenn du Sehnsucht nach mir hast, singst du einfach – und stellst dir vor ich singe mit – irgendwo an der Front – dann singen wir gemeinsam und schwimmen einander zu, meine kleine Forelle!“
„Gut“, antwortete sie tapfer.

Max’ Einberufung erfolgte an einem windigen Jännertag des Jahres 1941. Was für eine Zeit, was für ein Jahreslauf – Ostern, Geburtstage, Weihnachten, Sylvester – wartete auf die Liebenden. Und auf unzählige Liebende, die ihre Jugend diesem Krieg opferten.

„Meinst du, du wirst bald wieder zuhause sein?“, fragte Apollonia ihn bange. Sie wusste, sie hatte ihn dies schon unzählige Male gefragt, aber sie erhoffte sich jene ultimativ-tröstliche Antwort, die sie durch die schlimme Zeit des Alleinseins tragen würde. Sie ergänzte: „In der Wochenschau haben sie gemeldet, der Krieg wird bald vorbei sein!“
Max sah sie lächelnd an, dachte „Nein“ und sagte: „Gewiss, Apollonia! Warte auf mich. Ich liebe dich. Wenn ich wieder daheim bin, werden wir heiraten!“
Apollonia war überglücklich und zugleich tief bekümmert. Krieg. Max. Das passte nicht zusammen. „Dabei liebe ich ihn so sehr!“, weinte sie still und klammerte sich an ihn, als sie am Bahnsteig standen und gemeinsam auf den Zug warteten, der – doch bitte bitte! nicht kommen möge. Doch der Zug kam und der Befehl des Leutnants war unerbittlich: „Einsteigen! Sofort! Rasch einsteigen meine Herren!“

Als Max den Zug bestiegen hatte, der Zug sich mit all den jungen Männern in Bewegung gesetzt hatte, sie und all die jungen und alten Frauen ihre Finger von denen ihres geliebten Mannes oder Sohnes, Bruders oder Freundes lösen mussten und nur noch deren Winken sahen und als auch das an der nächsten Kurve verschwand und das Mitlaufen sie nicht mehr einholen konnte – da schrie Apollonia ihr Alleinsein hinaus in den Morgen, den strahlenden Wintermorgen, der wie zum Hohn einen schönen Tag verhieß.

Martha, die sie begleitet hatte, war nun für sie da. Sie hob sie auf, streichelte ihren Rücken und brachte sie nach Hause. Daheim herrschte betroffenes Schweigen. Damit hatte niemand gerechnet. Nicht schon wieder einen von ihnen. Krieg na ja, ein notwendiges Übel, aber so nah spürte er sich doch sehr beängstigend an. Nur der kleine Walter mit seinen fast fünf Jahren erhob seine Stimme und trotzte der bedrückenden Stimmung:

„Der Max kommt doch wieder, hat er gesagt, und dann bringt er mir ein echtes Taschenmesser mit – hat er versprochen!", rief er zuversichtlich. „Aber jetzt mag ich raus – zum Bach!", forderte er seine Schwester auf und zog an ihrer Hand. Apollonia aber seufzte, wandte sich an Mutter und klagte: „Mama, ich kann jetzt nicht. Das musst du verstehen." Mutter nickte und bat Maria sich um Walter zu kümmern.

Von der ersten Kaserne in Wels, in der sich hunderte Soldaten zusammenfanden, wurden Max und seine Gefährten schon nach wenigen Tagen in Züge verfrachtet. Manche seiner Kameraden munkelten, sie würden Richtung Osten fahren. Nach Polen, vermutete man. Max war völlig unbedarft. Er konnte die Zeichen militärischer Strategien nicht deuten. Er versuchte so wenig wie möglich zu denken und gehorchte. Seine Fiedel hatte er mit einem Gewehr getauscht. In der Stadtkaserne lernte er stramm zu stehen, zu salutieren, er lernte sein Gewehr richtig zu tragen, zu bedienen, zu reinigen und er lernte es zu benutzen. Bei jeder Schießübung versuchte er vergeblich den grauenvollen Gedanken abzuschütteln, diese Schüsse würden bald Menschen treffen und töten, keine Pappscheiben. Seine Stirn lag in Falten. Sein Atem ging flach. Manchmal arbeitete sich ein tiefer Seufzer aus seiner sorgenvollen Seele.

„Gefreiter Haager!", schrie ein Offizier und riss ihn aus seinen düsteren Gedanken: „Nehmen Sie Haltung an!" Langsam bekam er einen Eindruck vom Soldatenleben und es gefiel ihm nicht.

Der Zug hielt an großen Bahnhöfen, zunächst in Linz und in Wien in der Ostmark. Immer mehr Soldaten stiegen zu. Anschließend ratterte er weiter Richtung Osten durch das Protektorat Böhmen und Mähren, die Slowakei und blieb schließlich nach vielen Stunden im Generalgouvernement Polen in Warschau stehen. Ein Zug aus Berlin käme noch, riefen sich die Soldaten zu. Man müsse warten auf die Deutschen. In den Waggons war es heiß, Frauen in deutscher

Uniform gingen durch und reichten Wasser und Brot. Die Männer freuten sich über ihren Anblick ebenso wie über die Labung.
„Was summst du da dauernd?“, fragte ihn ein Kamerad.
„Ach nichts“, wiegelte Max ab. Er wollte nicht über SIE reden. Nicht in diesem grässlichen Waggon, nicht vor diesem grölenden Männerlärm, der die Angst der jungen Burschen übertönen musste. Max lächelte freundlich und fragte um sich abzulenken: „Wo kommst denn her?“
Doch der Kamerad hatte keine Ohren und Augen mehr für ihn. Er starrte die junge Frau an, die ihm soeben ein Stück Brot reichte. Max grinste – „Nichts gegen Apollonia!“, dachte er bei sich. Endlich erreichte auch der Zug aus Berlin den Warschauer Bahnhof. Nun hieß es zusammenrücken im Waggon, damit auch diese Truppe noch Platz fände.

Apollonia lebte weiterhin in ihrem Elternhaus und arbeitete in der Handelskammer, die längst in das nationalsozialistische Gefüge eingeordnet war und nun Gauwirtschaftskammer hieß. Als Stenotypistin war sie oft mit Schriftstücken befasst, in denen es um Arisierung ging, um Übernahme und Neubesitz. Jüdische Kaufhäuser und andere Unternehmen wurden enteignet und von Nationalsozialisten übernommen: „Alles in deutscher Hand", dachte sie. „Wohl besser so." „Am deutschen Wesen wird die Welt genesen", hatte auch ihr Chef gesagt und na ja, die Juden wären ja schließlich schuld an den herrschenden wirtschaftlichen Problemen, das würde schon in Ordnung gehen, wenn man die Wirtschaft nun straffer und deutscher organisiere, beruhigte sie selbst ihre Zweifel. Die Reichskristallnacht hatte sie noch im Kopf. Max hatte ihr von den schrecklichen Tumulten in der Linzer Altstadt erzählt. „So nicht!", dachte Apollonia: „Nicht mit Gewalt, aber mit Verwaltungsmaßnahmen Ordnung in die jüdische Misswirtschaft bringen, das ist sicherlich richtig!"

Mittlerweile hatte sich Apollonias Vater, der Bäckermeister, auf Anraten seines Ziehsohnes der Partei angeschlossen und konnte so in Frieden für die Aufrechterhaltung des zivilen Lebens Brot backen. „UK" nannte man seine Stellung – unabkömmlich – so wurde er nicht eingerückt. Obwohl er zum Blockwart ernannt worden war, interessierten ihn weder Politik noch Krieg besonders, auch wollte er sich mit Gewaltherrschaft, Konzentrationslager, Nationalsozialismus oder Hitler nicht übermäßig befassen. Herr Weininger tat seine Pflicht ohne besondere Ambition. Zumeist verrichtete er seine Arbeit wohlwollend den Menschen gegenüber. Zumeist. Wenn es möglich war. War er ein Denunziant wie viele seiner Kollegen? Herr Weininger hatte ein gutmütiges und phlegmatisches Wesen. Es war ihm nicht wichtig, sich bewusst und mit Mühe um das Verhalten seiner Nachbarn zu kümmern. Er sah und hörte weg, wenn er Verdacht geschöpft hatte, jemand könnte das Regime kritisieren, über Gräueltaten sprechen und Hitler und den Nationalsozialismus anprangern. Er verschloss kurzerhand seine Sinne, wenn er verbotene Worte hörte, wenn er verbotene Witze hörte, wenn er verbotene Sender hörte, wenn er verbotene „Menschen" miteinander umgehen sah. Er machte – in seiner ihm innewohnenden Tschibok-Gemütlichkeit und Schläue – so viel wie unbedingt nötig und so wenig wie irgend möglich. Der Rest war Schweigen. Vielleicht nicht einmal Nachdenken. Musste er den einen oder anderen dennoch denunzieren? Ließ er sich zu einer Quote an verratenen Delikten anstiften? Er erzählte nichts.

Die Träume seiner großen Tochter Apollonia waren mit dem Krieg zerplatzt. Während sie als junge Frau mit 20 Jahren noch von Bühne, Glanz und Glorie träumte, holten sie bald die verheerenden Geschehnisse ein. An ihrem Geburtstag am 21. Mai 1936 schien sie die Welt noch aus ihren Angeln heben zu können. Ihre Zukunft lag wie ein goldener Teppich vor ihr, auf den sie bereits die ersten Schritte zu setzen wagte. Die große vielversprechende Liebe zu Max holte ein Stück verheißungsvoller Zukunft in ihre Gegenwart. Doch den ersten Riss in Apollonias Glück bildete ihre schwere Darmkrankheit, die sie nun bis an ihr Lebensende begleiten sollte – mehr oder minder heftig. Auch die Sorge um Max fraß sich in ihren Leib, der von Krämpfen und Schmerzen erschüttert wurde. Wie immer verschuf sie sich dadurch Freiräume, welche ihre Schwester zu kompensieren hatte. Solange Maria noch im Elternhaus wohnte, es besuchte oder dort aushalf, erledigte sie Haushaltstätigkeiten, beaufsichtigte den kleinen Bruder und arbeitete im Geschäft, wenn Mutter sich um Apollonia kümmern musste. Und Apollonia verstand es nur allzu gut, ihre Mama an sich zu binden, wie Maria eifersüchtig befand.

Das Alltagsleben war nun geprägt von Arbeit, Krankheit und Familie. Auf Theater, Gesang und Zitherspiel hatte Apollonia nicht mehr Lust, es war auch nicht mehr gefragt. Die Wochenschau wurde zum Pflichttermin! Mit ihren Freundinnen aus der Nachbarschaft und ihrer Schwester ging sie – so oft es möglich war – ins

Kino. Mit jedem Bericht keimte die Hoffnung, Max würde bald wieder zurückkehren. Die Wochenschau nährte diese Hoffnung, denn die Feldzüge schienen erfolgreich und ruhmreich vonstattenzugehen! Bilder von siegreichen Heereszügen, lachenden Gesichtern und deutschen Fahnen, machten sie glauben, dass sich die Dinge gut entwickelten.

„Wirklich eine gute Leistung, wie unsere Soldaten die Deutschstämmigen im Ausland befreien und so hilfsbereit mit Essen versorgen!", flüsterten sich die Freundinnen begeistert zu. „Psst!" zischte jemand.

„Ja, ja …"

Beeindruckt von den Wochenschaubildern hörten sie weiter zu: „Deutsche Menschen umjubeln die Soldaten Adolf Hitlers, denn sie bringen Freiheit, Sicherheit und Ordnung!", meldete der Sprecher der Deutschen Wochenschau und schon erklang die Deutsche Hymne. Ein Herr Odilo Globocnig sprach von der „Germanisierung" Polens. Er war SS-Gruppenführer und Polizeileutnant.

„Ob Franz ihn kennt?", fragte sich Apollonia.

Die Deutschstämmigen wurden gepriesen, die slawischen Untermenschen diskriminiert, in Arbeitslager und Konzentrationslager oder als Zwangsarbeiter in den Westen deportiert. Doch so genau wollte es niemand wissen. Das Schicksal der Juden in den Ghettos und Lagern wurde als selbst verschuldet bezeichnet. Damit war deutsches Gewissen erst mal beruhigt und als die deutsche Hymne erklang, wurde nicht nur Apollonia ganz warm ums Herz. Die Besucherinnen ersannen sich ihre Männer als Helden: Apollonia sah Max deutsche Siedler befreien, das Vaterland verteidigen: „In wilder Flucht räumten die Feinde ihre Stellungen", hieß es – fantasierte sich ihren Helden, wie er mit Orden ausgezeichnet würde und mit allen Ehren ausgestattet endlich heimkehre … Sie seufzte lächelnd, als sie mit Martha und den anderen nach Hause ging. Das Kino, in dem sie die Wochenschau betrachtet hatten, lag nur wenige Meter vom Elternhaus entfernt. Die jungen Frauen lachten und scherzten und wollten glauben, was sie sahen. Doch Martha unterbrach die fröhliche Runde:

„Habt's schon gehört? Der Sepp is' gefallen", erzählte sie voller Sorge.
Nein, sie hätten es noch nicht gehört. Sie schwiegen betreten. Eigentlich wollten sie das alles nicht so genau wissen, sie wollten sich doch amüsieren … Schließlich rückte Apollonia die Ereignisse zurecht:
„Wenn sie jetzt mit all ihren Kräften gegen den Feind vorgehen, dann werden sie es bald hinter sich haben und wieder heimkommen!", in der Hoffnung, Max würde bald – bald! – zu ihr zurückkehren und sie würde mit ihm gemeinsam ins Kino gehen können. Und Alfred auch und der Lois und Otto und all ihre Verwandten und Bekannten und so viele, die sie kannten …

An Heimkehr war nicht zu denken. Noch hatten sich Max und Apollonia, die Liebenden – wie so viele – mit dem Schreiben sehnsuchtsvoller Briefe zu begnügen. In seinen Briefen allerdings musste Max verschweigen, was ihn belastete, die Zensur hätte sein Schreiben einbehalten oder geschwärzt. Also beschrieb er die Landschaft, die weiten Ebenen, die mächtigen Flüsse, die Menschen und hoffte Apollonia würde seine Andeutungen verstehen:

> *„… Ich beobachte die Menschen. Sie versuchen ein normales Leben zu führen, sie brauchen Nahrung wie wir, sie brauchen Wärme wie wir. Sie haben Angst vor dem Krieg, vor Entbehrungen, genau wie wir. Sie haben Angst vor uns. Und wir vor ihnen. Ist das nicht verrückt? Sind sie anders als wir? Ach Apollonia. Dieser Krieg … Seit Wochen stehen wir im Grenzland von Polen und Russland und erfüllen unsere Pflicht. Und warten auf … wenn ich nur wüsste was … Ich hoffe so sehr, dass das alles bald ein gutes Ende nimmt! Immerzu denke ich an Dich. Das hilft mir die Stunden und Tage und Wochen, die Kälte innen und außen zu überstehen. Ich stelle mir vor, wieder bei Dir zuhause zu sein, zu arbeiten und mich um ein gutes Leben für uns beide zu kümmern. Liebe liebe Apollonia, hörst du sie? Hörst du unsere Musik? Unsere Forelle? Wir werden sie wieder gemeinsam schwimmen lassen. Versprochen. Ich sehne mich so sehr nach Dir. Dein Dich liebender Max“*

Max schilderte die Kriegsvorbereitungen und Übungen, die langen Märsche durch die polnische Landschaft, erzählte von Kälte, Schlamm und Nässe, die Winter und Frühling mit sich brächten. Man warte und warte – auf den Marschbefehl, der doch endlich kommen möge, den man aber in gleichem Maße wie man ihn ersehne, fürchte, erzählte er. Max nahm sich fast täglich Zeit einen ausführlichen Brief an Apollonia zu schreiben, wobei er immer auf der Hut war, seine Lage nicht in ihrer schlimmsten Wahrheit zu schildern, um sowohl der Zensur zu entkommen, als auch seine Geliebte nicht zu beunruhigen.

In all den Nächten, in denen Apollonia alleine im Bett lag, nahm sie seine Briefe und las sie ein ums andere Mal. Sie spürte Max' Leid, seine Qualen, seine zunehmende Müdigkeit, auch wenn er sie noch so sehr zu verschweigen suchte. Sie schrieb zurück:

> *„… Auch wir kämpfen um unser gutes Vaterland, das Dich – hoffentlich sehr bald – empfangen wird mit Liedern und Freundlichkeit, mit allem, was Du dort so sehr vermisst. Du bist in meinem Herzen, Max. Du bist die Forelle in meinem Bach! Immer! In tiefer Liebe, Deine Apollonia"*

Mit der Feldpostnummer 10.396 E erreichte ihn Post von zuhause. Post zu bekommen, war immer wieder ein Höhepunkt in diesen fürchterlichen Monaten. So grauenvoll und strapaziös diese Manöver waren, wussten sie doch: Noch ist alles Spiel. Der Krieg kommt erst. Sie waren in Ausbildung. Im östlichsten Eck Polens. Weit weg von der Heimat … So schrieb er:

> *„Geliebte Apollonia, das Papier, auf dem ich schreibe, hat schon einiges an Dreck gesehen, aber noch keinen Tropfen Blut. Wir warten auf den Marschbefehl. So hat das Töten noch Schonfrist."*

Dann strich er den letzten Satz wieder durch.

> *„So haben wir noch Zeit unsere Kameraden besser kennen zu lernen"*

kritzelte er stattdessen auf das Blatt. Dann erzählte er, dass er Freundschaft geschlossen habe:

> *„Der Heinrich ist ein Berliner. Ich nenne ihn Heini. Das mochte er zwar anfangs nicht, aber mittlerweile ist er mit seinem Spitznamen einverstanden. Mich nennt er übrigens Mexe. Gefällt Dir das? Heini ist auch Musiker. Er spielt Klarinette. Wenn der Krieg zu*

Ende ist, werden wir uns besuchen. So viel steht heute schon fest! Er würde Dir gefallen, der Heini! Er ist rotblond, etwas kleiner als ich, hat einen rundlichen Bauch und trägt Brillen. Fängt er schon an, Dich zu interessieren? Ich freue mich darauf, gemeinsam zu musizieren! Du, er und ich. Wie sehne ich mich nach Deinem Gesang! In tiefer Liebe, Dein Max"

Sie schmunzelte über seine Worte. Krieg kann Freundschaften schaffen, überlegte sie und wurde neugierig, diesen Heinrich kennenzulernen. Wenn sie sich aber das Leben ihres Geliebten und seiner Kameraden als Wehrmachtsoldaten vorstellte, wurde ihr angst und bange. Dreck, Schlamm und Strapazen waren das Eine, aber die tödlichen Gefahren und der Befehl zu töten, waren Tatsachen, die sie zutiefst beunruhigten.
„Wenn er nur wieder heil nach Hause kommt!" Apollonia betete viel in jenen meist schlaflosen Nächten.

So vergingen die Wochen und Monate. Max und seine Kameraden waren noch immer im Ausbildungslager. Im Laufe der Zeit veränderten sich Max' Briefe. Der mühevolle Ton der Zuversicht verschwand und wurde von zunehmender Resignation ersetzt. Immer weniger Front, immer mehr Heimat kamen darinnen vor. Apollonia zerriss es schier das Herz, seine Worte zu lesen. Es ginge ihnen gut, bemerkte er lapidar und weiter: In der Heimat blühen jetzt wohl Flieder und Obstbäume! Er wolle keine Worte verlieren. Alles sei gut. So gut es eben ginge. Er komponiere im Geiste während der Gefechtsübungen. Das halte ihn aufrecht. Aber seine Musik wäre keine liebliche, schöne, sie habe ihre Freundlichkeit verloren, das Bächlein der Forelle trübe sich …

„Menschen, liebste Apollonia, im Krieg – das Bestialischste und das Beste zugleich. Ich bin froh, den Heini zu haben. Wir halten zusammen, wir Kameraden. Das zählt. Für unser Vaterland kämpfen wir unentwegt und werden sicher bald siegen, wie die Forelle im

Bächlein, Du weißt schon! Helles Bächlein? Leider trübe hier … Meine Liebe bleibt! Max"

Die Situation im Osten spitzte sich zu. Die deutschen Soldaten wurden auf einen Feind eingeschworen, den sie nicht kannten: den jüdischen Bolschewismus.
„Vergesst die zehn Gebote!", herrschte ihr Hauptmann sie an, während sie stramm den Morgenbefehl entgegennahmen: „Vergesst auch die zehn Gebote für die Kriegsführung des deutschen Soldaten, die in euren Soldbüchern stehen", deklarierte er weiter, während er die Truppe auf- und abschritt:
„Bald werdet ihr erkennen, dass nur rücksichtsloses und energisches Durchgreifen den hinterhältigen Feind besiegen wird!" Und er ließ durchblicken, dass bei diesem Krieg Straftaten von Soldaten gegenüber russischen Zivilisten nicht strafrechtlich verfolgt würden.

„Wer ist dieser Bolschewik?", überlegte Max an seinen neuen Freund Heinrich gewandt, als sie abends im Lager hockten. Sie fürchteten ihren Feind und wussten, bald ginge es nur mehr um ihr nacktes Überleben. Das Ausbildungslager wurde ihnen zur qualvollen Vorstufe des für sie Unermesslichen, des Gefürchteten, des Grauens. Die Nächte seien am schlimmsten, befand Max und Kamerad Heinrich stimmte zu. Die Soldaten waren zermürbt von den einpeitschenden Kommandos ihres Hauptmanns, von dem Ungeheuer, das auf der Gegenseite auf sie warten würde und vom Warten auf die echte Front, in welcher echte Waffen gegen sie gerichtet wären. Max und Heinrich waren Teil der Infanterie der Heeresgruppe Mitte.
„Weißt du was die vorhaben?", fragte Max seinen Kameraden eines Nachts. Mit „die" meinte er seine Leute, die Deutschen, da sie nun schon viele Monate vor der russischen Grenze lagerten und keinen Befehl zum Angriff erhielten.
„Immer wieder hört man vom Unternehmen Barbarossa". Heinrich mit seiner frechen Berliner Schnauze schien wesentlich pfiffiger zu sein als er selbst.

„Moskau ist das neue Angriffsziel, heißt es", flüsterte Heinrich. „Meinst du wirklich, die meinen es ernst und wir müssen Russland angreifen?!", fragte Max entsetzt.
Damit würde Hitler den Nicht-Angriffs-Pakt mit Russland brechen. Der russische Diktator Josef Stalin würde sich das nie und nimmer gefallen lassen.
„Diesen Krieg können wir nicht gewinnen!", raunte Max seinem Kameraden zu.
„Still Mexe, du wirst doch nicht unsere Wehrkraft zersetzen wollen!", warnte Heini augenzwinkernd und nach einiger Zeit sagte er leise: „Aber leider – du hast wahrscheinlich recht."
Max lachte bitter: „Und wir werden als Kanonenfutter geopfert."
„Schschschhsch!"
Heini reichte ihm seine Zigarette, nach kurzem Zögern griff der Nichtraucher Max danach und machte einen Zug. Das leicht schwindelige Gefühl beruhigte ihn ein bisschen. Es war still in dieser Nacht – im Irgendwo zwischen Polen und Russland. Sie fühlten sich ausgesetzt und hingeworfen.
„Was mache ich eigentlich hier?", fragte sich Max im Stillen: „Ich will nach Hause, ich will wieder Geige spielen, will mit meinem Bruder den Produktenhandel besprechen, ihm helfen, ich will meine Schüler mit der Geige plagen … Ich will zu dir Apollonia!"
Die beiden hingen ihren trübsinnigen Gedanken nach. Heini schloss die Augen, seufzte und begann zu horchen. Max summte leise. Er summte das Schubertlied von der launigen Forelle. Heini erkannte es und pfiff leise mit, so musizierten die beiden um sich zu beschäftigen und zu konzentrieren. Max' Sehnsucht nach seiner Apollonia hätte ihn sonst überwältigt.
„Kennst du?"
„Na klar!" Dann erzählten sie sich von ihrem bisherigen Leben. Über ihr Leben zuhause, als Musiker und dass sie ihr Gewehr lieber gegen ihr Instrument tauschen würden … Heinrich, der Klarinettist, hatte bereits in vielen Berliner Lokalen gespielt – in einer Jazz-Formation. Er liebte Jazz. Auch wenn man sich das nur hin-

ter vorgehaltener Hand erzählen durfte, denn für die Nationalsozialisten war Jazz „entartete, verzerrte Musik des Feindes" und somit strengstens verboten. Max und Heinrich wurden Freunde und der eine wurde Mexe genannt und der andere Heini. „Das muss ich Apollonia erzählen", überlegte Max lächelnd und griff sofort zum Briefpapier. Er datierte seinen Brief mit 21. Mai 1941, Apollonias Geburtstag. Sie wurde 25 Jahre alt und er legte all seine guten Wünsche und sein Sehnen in diesen Brief.

Ein Monat später, am 22. Juni 1941 hörten die Weiningers in ihrer Kleinstadt in Oberdonau die Stimme ihres Propagandaministers Goebbels durch den Volksempfänger, der eine Proklamation des Führers an das deutsche Volk verlas:
„Zur Abwehr der drohenden Gefahr aus dem Osten ist die deutsche Wehrmacht am 22. Juni, drei Uhr früh, mitten in den gewaltigen Aufmarsch der feindlichen Kräfte hineingestoßen."
Apollonia wusste sofort, da ist er dabei. Da ist Max dabei! Diese Russen, diese jüdischen Bolschewisten, wie es durch Presse und Volksempfänger zu vernehmen war:
„Sie haben sich gegen Deutschland gewandt!"
Apollonia glaubte was sie hörte. Ihre Familie ebenso und Franz bestärkte sie in diesem Glauben:
„Das Unternehmen Barbarossa wird ein Blitzkrieg gegen die Russen. Werdet's sehen, der Max ist sicher bald wieder daheim!" „Ach, wenn du nur recht hast!", seufzte Apollonia und auch Maria stieß – wie so oft – ein kurzes Gebet aus, um ihren Alfred beschützt zu wissen. Aber dass Hitler tun müsse, was halt getan werden muss, darin waren sie sich einig.

„Vormarsch!“, schrie der Hauptmann und Max, Heini und viele weitere Infanterie-Soldaten der Heeresgruppe Mitte rannten ihren Artillerie-Geschossen hinterher. Ohrenbetäubender Lärm umgab sie. Die Geschütze der vorrückenden deutschen Panzer neben ihnen, die Luftbombardements auf die sowjetischen Städte über ihnen und die Abwehr der Roten Armee – alles gellte und jaulte um sie herum und Max rannte, rannte, rannte. Bis sie Borodino erreichten …

In der Nacht auf den 9. Juli 1941 schrak Apollonia aus ihrem Schlaf. Sie hatte geträumt:

> Sie sah ihren Max in seiner Uniform, hell erleuchtet, über eine dreckig schlammige Landschaft auf sie zulaufen. Er lief und lief, erst hielt er seine Geige hoch, doch sie war keine Geige, sie war ein Gewehr. Es fiel aus seinen Händen. Max lief auf sie zu. Apollonia riss ihre Arme auseinander um ihn zu umarmen, doch er kam nicht nahe genug. Er rannte ihr entgegen und doch bewegte er sich weg von ihr. Sie schrie und versuchte mit aller Kraft ihm näher zu kommen, doch ihre Beine waren bleiern und ihre Stimme verhallte ohne ihn zu erreichen. Sie schrie seinen Namen – immer und immer wieder. Er lief und strahlte sie an, ja, er lächelte! Doch so sehr er sich auch nach ihr streckte, er berührte sie nicht mehr.

Die Todesnachricht „Gefallen im Gefecht um Borodino“ erreichte sie im August 1941. Apollonia war nicht einmal verwundert, etwas in ihr hatte es bereits gewusst. Doch sie wollte es nicht glauben, bis zuletzt nicht. Sie hoffte, sie betete, sie flehte zu Gott und zu ihrem Führer, sie mögen ihr den Max wieder zurückbringen. Sie flehte wie so viele damals. Doch die Nachricht war unerbittlich, der Bote – ein Freund der Familie Haager – senkte den Kopf und wandte sich zum Gehen, während in Apollonia etwas klirrend zersprang wie Glas in tausend Stücke. Sie schrie gellend auf, stütz-

te sich an der Tischplatte ab um nicht zu stürzen und ging doch in die Knie. Ihre Mutter eilte herbei und lotste sie auf die Bank. Apollonia schluchzte, schlug mit den Händen auf den Tisch, vergrub ihr Gesicht schließlich ermattet in ihren Armen, schrie unter Tränen: „Ich habe es gewusst. Es war sein Abschied. Er hat sich verabschiedet. Von mir. Ich habe es gewusst. Ich hab' es geträumt."
Walter blickte verstört von einem zum anderen. Auch ihm schien eine Welt zusammenzubrechen, als er erkannte: Krieg kann weh tun. Sehr weh sogar! Nein, dann doch lieber kein Krieg … er weinte und bat:
„Sagt es dem Franzl: Krieg ist jetzt genug! Pola soll nicht weinen!"
Die Mutter seufzte, dachte an ihren Sohn, den sie zum Glück in Sicherheit wähnte. Der Vater erinnerte sich an seinen Krieg am Isonzo und brummte in seinen Tschibok:
„Das ist der Krieg. Da kann man gar nix machen."
Als Maria die Nachricht erhielt, spürte sie einen kalten Schauer, war doch ihr geliebter Ehemann Alfred erst kürzlich nach einem Fronturlaub wieder eingezogen worden. Franz ereilte die schlechte Nachricht an seinem Arbeitsplatz in Polen, doch er hatte andere Sorgen. Er schrieb seiner Schwester ein kurzes Beileidbillet und wandte sich wieder seiner Geheimdienstarbeit zu. Die ganze Familie Weininger trauerte – jeder auf seine Weise.

Franz hatte seine Karriere im Sicherheitsdienst der Geheimen Staatspolizei im Visier und siedelte zwei Jahre nach Kriegsausbruch mit seiner Familie in ein beschlagnahmtes „arisiertes“ Haus einer jüdischen Familie nach Lublin in den Südosten des GG Polen – des Generalgouvernements, wie die Nationalsozialisten das eroberte Land bezeichneten. Wenn Franz nach Hause schrieb, schwärmte er von seinem stattlichen Haus im Stil der Lubliner Renaissance inmitten einer hübschen gefälligen Altstadt, den beeindruckenden Gemälden, den imposanten Lustern, Teppichen und Möbeln, er pries den wohlgestalteten Innenhof mit großzügiger Grünfläche und beteuerte immer wieder, wie sehr sich seine – mittlerweile zwei Kinder Rosa und Karl Heinz – und seine Frau Ilse in der neuen polnischen Heimat wohl fühlten. Sie hätten viele gleichgesinnte Freunde, mit denen sie auch schon mal Urlaub an der Weichsel machten. Da gäbe es ein kleines Städtchen, Kazimierz, das einst Juden bewohnt hatten, aber es sei sehr hübsch dort und für einen Urlaub wie gemacht!

> *„Bei meinem nächsten Heimaturlaub werde ich mit meinem KdF Wagen aufkreuzen!“*

schrieb er vergnügt, denn er habe schon viele Sparmarken beisammen für einen „Kraft durch Freude Volkswagen“.

Über seine tägliche Arbeit allerdings verlor Franz kaum ein Wort. Und die Familie fragte nicht nach. Allein, dass die Kinder nicht getauft wurden, befremdete die Mama ein bisschen. „Gottgläubig“ lautete das Bekenntnis in ihren Papieren, womit Franz bewies aus der Kirche ausgetreten, aber dennoch gläubig zu sein – sein neuer Glaube gelte dem Führer und der Vorsehung, die Hitler zum Größten Führer aller Zeiten machte, ihn vor Attentaten schützte und ihn und das deutsche Volk zur Herrenrasse bestimmte. So machte er es vielen Parteigenossen und Funktionären des Nationalsozialismus und ihren Familien gleich.

Franz' Aufgaben im deutschen Sicherheitsdienst in jener eroberten polnischen Stadt Lublin fand in seinen Briefen kaum Erwähnung. Er beunruhigte seine Familie nicht mit unnötigen Informationen, wie Liquidierungen, Folterungen oder Tötungen. Er erwähnte das Konzentrationslager Majdanek nicht, das kürzlich in der Nähe von Lublin erbaut worden war. Auch über seine Tätigkeiten im Hauptquartier der Geheimen Staatspolizei im städtischen Schloss erzählte er nichts. Die nationalsozialistischen Besatzer hatten die historische Funktion von Verlies und Wehrturm übernommen – als Kerker, Verhörraum und Folterkammer.

Ebenso verschwieg er seinen Aufenthalt in Rabka im November 1942. In dieser Stadt in Polen absolvierte Franz als SS Oberscharführer einen Führerlehrgang der SS in der Schule der Sicherheitspolizei, der ihn auf seine Aufgabe in den „Kolonien", wie die eroberten Länder genannt wurden, vorbereiten sollte. Direkt neben der Polizeischule befand sich ein Zwangsarbeitslager. So bot Rabka einen grausam geeigneten Platz, um für spätere Einsätze, wie der furchtbaren Aktion Erntefest ein Jahr später, zu „üben". Der Tod im Gesicht des Mordens wurde nun sein täglicher Begleiter.

Über seinen raschen Karrieresprung wiederum erzählte er gerne: Kurze Zeit nach seiner Ankunft in Lublin wurde Franz mit der Leitung der Außenstelle Pulawy beauftragt. In seinen Briefen schilderte er, dass er dort u. a. die sicherheitsdienstliche Führung des Agrarforschungszentrums übernommen habe. Sowohl die Forscher als auch all die Arbeiter und Arbeiterinnen, deren Aufgabe es war, den Anbau von Kautschuk zu erproben, müssten überwacht werden.

> *„Ja, Ihr habt richtig gelesen: Kautschuk!"*, bekräftigte er: *„Wir Nationalsozialisten haben große Pläne, wie Ihr seht. Wir bringen sogar Gummi zum Wachsen, um völlig unabhängig vom Feind zu werden!"*

Sämtliche Ergebnisse dieses nationalsozialistischen, höchst bedeutenden Agrarforschungsprojektes müssten direkt an Reichsführer SS Heinrich Himmler, seinen obersten Chef, geliefert werden, schrieb er weiter. „Wichtige Arbeit!“, war sich die Familie zuhause einig und stellte sich erleichtert vor, wie ihr Franz wohl bedeutende, aber eher wenig gefährliche, Polizeiarbeit zu erledigen hätte. Müsse ja alles seine Ordnung haben. Wo kämen wir denn hin, wenn Forschungsergebnisse für diesen wichtigen Rohstoff in der Gummierzeugung in falsche Hände kämen …

Die Beruhigung wurde allerdings ein wenig getrübt, als die Daheimgebliebenen eines Tages einen Brief erhielten, in welchem Franz Veränderungen andeutete. Er ließ durchblicken, dass der Alltag in Polen sehr fordernd und anstrengend sei, er aber alles im Griff habe: Ganze Banden bewaffneter polnischer „jüdischer Bolschewiken“ würden arisierte Güter, landwirtschaftliche Betriebe und andere deutsche Verwaltungseinrichtungen überfallen, in Brand stecken und die deutschen Verwalter erschießen. Auch aus diesem Grund sei er in die Außenstelle Pulawy beordert worden.

„Ordnung machen. Durchgreifen. Härte gegen die Banditen zeigen!“

Das wäre seine Aufgabe, schrieb er stolz. Als Mama seinen Brief vorlas, meinte sie sorgenvoll:
„Dass ihm halt nix passiert, dem Franzl, in Gottes Namen!“
Ihr Mann tätschelte ihr beruhigend den Arm, klopfte die Asche aus seinem Tschibok und machte sich wieder auf den Weg zu seinem täglichen Rundgang. Ja, ja, von diesen verräterischen Partisanen habe man ja schon gehört … Um sich zu beruhigen, schloss seine Mutter – wie unzählige andere Mütter in Deutschland, Polen und allen kriegführenden Ländern – Nacht für Nacht ihren Sohn in ihre Gebete ein.

„Das muss harte Konsequenzen haben!“, schrie der Polizeikollege Franz ins Ohr, als sie im Höllentempo über die polnische Landstraße von Lublin nach Pulawy rasten. Soeben hatte sie eine Meldung im Gestapo-Hauptquartier erreicht:
„Neuerlicher Überfall in Pulawy“.
Franz war verärgert. „Wollen denn diese Banditen gar keine Ruhe geben“, dachte er aufgeregt, dabei habe man den „Pollacken“ schon klargemacht, dass sie alle – ausnahmslos alle – ob sie nun in die Anschläge verwickelt wären oder nicht – für die Schäden aufkommen müssten, für die baulichen wie für die Verluste an Lebensmitteln.
„Wir haben sie schon regelrecht ausgehungert, aber die haben noch immer nicht genug!“, brüllte Franz und versuchte den Motorenlärm zu übertönen.
„Ha, aushungern! Das reicht nicht! Die machen alle gemeinsame Sache.“, erwiderte der Kollege: „Du musst noch viel härter vorgehen, Franz, viel härter!“

Franz schämte sich, dass gerade seine Außenstelle immer wieder für Ärger sorgte. Im ganzen Distrikt Lublin kam es in diesen Zeiten zu Überfällen sogenannter Banditen, polnischer Widerstandskämpfer, aber das Zwangsarbeitslager Pulawy der Deutschen Ausrüstungswerke traf es am härtesten. Mehr als die Hälfte aller beschlagnahmten Betriebe wurden im Gebiet Pulawy bereits in Brand gesteckt – und nicht nur einmal. Sicher, sagte sich Franz, er hätte wohl versucht hart durchzugreifen, so gebe es schon viele Tote auf der gegnerischen Seite, aber offensichtlich nicht genug!
„Diesen Banditen gehört ein für alle Mal das Handwerk gelegt!“, rief er seinem Fahrer zu. Dieser grinste nur und nickte.

Die deutsche Besatzungsmacht versuchte mit einschüchternden Meldungen die Bevölkerung mürbe zu machen. Erst kürzlich wurde in Pulawy und anderen Orten des Distrikts über Lautsprecher bekannt gegeben, dass die Deutschen in Smolensk einen großen Er-

folg gegen polnische Offiziere gelandet hätten: „12.000 an der Zahl – 12.000 – wurden ermordet!"
Außerdem verbreiteten Franz und seine Leute diese Nachricht über Flugblätter, Plakate und durch die Presse. Seine Hoffnung, die Polen würden dadurch abgeschreckt werden und ihren Widerstand aufgeben, wurde enttäuscht – im Gegenteil. Bolschewikische Flugblätter, in denen die polnische Bevölkerung aufgefordert wurde, den Widerstand gegen die Besatzer zu unterstützen, machten ihre Runde. Franz und seine Leute zogen sie sofort und mit aller „Nachdrücklichkeit" ein.

Franz hatte sich im Laufe der Monate ein – wie er glaubte – funktionierendes Spitzelsystem aufgebaut. Trotzdem ließen sich die Widerständler nicht brechen, ihre Überfälle nahmen zu. Damit kam es für die Deutschen zu erheblichen Engpässen in der Versorgung. Unzählige Maschinen, Lagerräume, Stallungen, Vieh und Vorräte verbrannten. Wie sollten die 20.000 stationierten deutschen Soldaten und das Verwaltungspersonal ausreichend ernährt werden? Daher beantragte Franz als Leiter des Sicherheitsdienstes in Pulawy polizeiliche Verstärkung. Ihr Befehl lautete: „Bei Unruhe sofort schießen. Hart durchgreifen." Franz war zufrieden – zunächst … Aber die Überfälle gingen weiter.

In Pulawy angekommen, machten sich die beiden Gestapo-Leute ein Bild über das Ausmaß der Schäden. Dieses Mal war das Sägewerk, eine Außenstelle des Konzentrationslagers Majdanek, Ziel des Anschlags. Es war bis auf die Grundmauern abgebrannt. Durch das rasche Eingreifen von Polizei und Feuerwehr konnten einige Maschinen gerettet werden. Der leitende Polizist meldete an Franz gewandt:
„Kein Opfer auf deutscher Seite, aber sieben tote Banditen." Franz betrachtete die Leichen. „Natürlich, die schon wieder", brummte er, als er ihre polnischen Polizeimützen und rotweißen Armbinden erkannte. Es waren fünf Männer und zwei Frauen aus der polnischen

Arbeiterpartei PPR, die immer wieder für die Anschläge auf deutsche Verwaltungseinheiten verantwortlich waren.
„Na, wie oft willst du noch zusehen?“, fragte sein Kollege aus dem Gestapo-Quartier Lublin hämisch.
Franz zuckte mit den Schultern und wandte sich ab. „Altkluger Deutscher“, dachte er wütend.

Wieder im Hauptquartier verringerte sich der Ärger keineswegs. Franz wurde zu seinem Vorgesetzten, dem Leiter des Sicherheitsdienstes im Distrikt Lublin, zitiert und musste Rede und Antwort stehen.
„Da muss endlich ein Exempel statuiert werden!“, befand der Mann polternd. Franz solle sich etwas einfallen lassen, so könne es nicht weitergehen, Standartenführer Kintrupp wisse wie so was geht! Er habe sie alle zur Strecke gebracht. Alle! „Und das erwarte ich auch von Ihnen! Sie werden ab sofort Ihren Dienst vor Ort verrichten!“, befahl er abschließend.
„Jawohl, Herr Obersturmführer!“
„Abtreten.“

Keine gute Nachricht … Für Ilse und seine Familie wäre das umkämpfte Bauerndorf Pulawy keine Option. Er müsste sie wohl in Lublin zurücklassen. Nachdem er seiner Frau diese Botschaft überbracht hatte, brach sie in Tränen aus. Sie liebte das schicke Lubliner Stadtleben innerhalb der SS-Kreise über alles, aber halt mit ihrem Mann an ihrer Seite. Ohne ihn … Das wäre furchtbar einsam für sie. Sie hätte ja keine Eltern, Verwandte oder alte Freunde bei sich. Aber Ilse war klug genug zu wissen, dass gegen einen Befehl vom Obersturmführer nichts auszurichten wäre. Sie würde sich fügen müssen. Franz versuchte zu beschwichtigen: „Ich muss dort einiges in Ordnung bringen, dann komme ich wieder!“ So zog Franz im Spätsommer 1943 nach Pulawy, aber seine Familie wollte nach einigen einsamen Wochen nicht mehr in Polen bleiben und kehrte wieder zurück in die Ostmark.

1974

Von der Unterwäsche bis zum Mantel – ich werde sie total einkleiden! Auch den Schmuck, den sie tragen wird, bekommt sie von mir. Sie, meine Puppe. Mein Patenkind. Unsere Firmung.

Sie war wieder einmal störrisch. Ach, sie hat so wenig Klasse, das ist ja wirklich schade. Da muss ich noch ganz schön nachhelfen. Ist es nicht selbstverständlich, dass sie mich erwählen muss, mich, ihre Tante, mich, die sie vom Anbeginn ihres Lebens gefördert und geprägt hat. Ich hab' sie zu meinem Kind erhoben! Ich habe sie auserwählt! Und dann das. Keine Frage kam von ihr. Keine Bitte. Kein Antrag. Keine schönen Worte. Keine Anerkennung meiner Investitionen! „Du hast ja bald Firmung?", fragte ich sie schließlich vorsichtig. „Ja", seufzte sie und sie wisse noch gar nicht wen sie fragen solle. Anni vielleicht oder Maria oder Heidi … Es falle ihr so schwer sich zu entscheiden. Als sie geht, merkt sie nicht einmal wie weh sie mir getan hat! Dummes undankbares Kind. Wischt sich über die Lippen, als ob ich es nicht sehen könnte, wenn ich ihr einen Kuss gegeben habe! Wir sind eine Familie, wir gehören zusammen, wir sind EINS! Ja, sapperlot, willst du denn das nicht kapieren!!! Mich! Mich musst du fragen. Niemand sonst ist dieses Amtes würdig. Ist es nicht fürchterlich, dass sie das nicht versteht? So ein verstocktes Kind. Aber ich werde es ihr schon noch beibringen.

Sie kommt wieder. Diesmal verhaltener als sonst. Noch verhaltener. Aber Kind, mir kannst du doch alles sagen! Weißt du, ich bin immer für dich da! Eines Tages wirst du mein Haus bekommen, meinen Schmuck, alles. Du bist einfach mein Kind. Vom ersten Augenblick, an dem ich dich sah, wusste ich: Du gehörst mir! Wir gehören zusammen. Na komm her! Ist es nicht so? Wir gehören zusammen. Spürst du es auch? Komm, setz dich auf meinen Schoß. Warum schaust denn so verschreckt? Ich hab' dich doch lieb! Ich liebe dich über alles. Na, da brauchst doch nicht drüberwischen. Wir sind doch aus demselben Fleisch und Blut. Komm, lass dir ein Bussi geben!

Ja, ich liebe sie. Aber sie würdigt es nicht. Ich spüre wie sie steif wird, wenn ich ihren Leib an den meinen heranziehe. Aber das macht man doch so, wenn man sich liebt! Warum tut sie nur so blöd. Blödes Kind. Verstocktes.

Eines Tages wirst du mir für alles, was ich für dich getan habe, dankbar sein. Vielleicht begreifst du noch gar nicht, wie gut ich zu dir bin, aber eines Tages wirst du es begreifen! Na komm!

Danke, Tante, sagt sie und lächelt. Dieses Lächeln. So gequält, so gekünstelt. Warum lügst du mich nur ständig an? Warum? Ich bin es doch, deine dich über alles liebende Tante! Das musst du doch würdigen, verdammt noch mal. Anni, Maria, Heidi … Was fällt ihr eigentlich ein? Aber ich muss meinen Zorn bändigen. Ich muss freundlich bleiben, sonst hat sie wieder Angst vor mir.

„Ach wie traurig es doch ist, wenn man nicht geliebt wird! Wenn man so einsam ist wie ich", seufze ich.
Sie schaut mich an: „Aber wir sind doch für dich da. Papa, Mama, die ganze Familie und ich!", sagt sie.
Ach wie süß … Für mich da, dass ich nicht lache! Deine liebe Mama, die immer so verhalten zornig ist, wenn ich zu Weihnachten komme. Oder dein Papa, wenn ich ihn in seinem – ja gut eurem gemeinsamen – Urlaub anrufe. Was kann ich denn dafür, dass sich mein Darm gerade dann wieder rührt und Beschwerden macht? Wisst ihr, so eine Darmkrankheit ist kein Spaß. Ach diese Schmerzen! Aber das kann sich ja keiner vorstellen!

Und, kleiner Bruder? Ja, mein Lieber, du bist auch Meiner. Du musst jetzt auf mich hören, deine Mutter ist ja schon lange tot! Jetzt gelte ich. Verstehst du nicht, dass ich das alles aus Liebe mache? Verstehst du nicht, dass ich mir Zeugnisse eurer Dankbarkeit und Liebe verdiene! Aber wo sind die nur? Da ist nichts. Ihr seid Banausen. Ihr habt keine Ahnung!

Nein, ich will nicht verbittern. Die Liebe glaubt alles, hofft alles, erträgt alles. Diesen Weg will ich gehen. Den Weg der Liebe.

Schau liebes Kind. Ich bin dir doch nicht böse, wenn du mich nicht zur Firmpatin erwählst. Ich bin nur furchtbar traurig!

Kriegsjahre II

Herbst 1943. Wie jedes Jahr um diese Jahreszeit war es Zeit, dem Herrgott für die reiche Ernte zu danken, ein Erntefest zu feiern. In Polen bekam die Aktion Erntefest einen besonderen Anstrich, zu dem auch Franz sein Teil beitrug. Aktion Erntefest war der zynische Name für einen unbeschreiblichen Massenmord im Konzentrationslager Majdanek und seinen Außenstellen. Am Ende dieses zweitägigen Massakers waren 42.000 ermordete Juden, davon 150 im Sägewerk von Pulawy, zu verzeichnen.

Im Morgengrauen des 4. November 1943 fuhr ein LKW-Konvoi mit 30 Ordnungspolizisten und ihrem leitenden Offizier im ZAL (Zwangsarbeitslager) Pulawy vor. Franz besprach mit seinem Kollegen, wie sie nun vorgehen würden, um das grauenvolle Exempel, das in Majdanek, in Pulawy und in allen weiteren Lagern des Distrikts stattfinden würde, zu exekutieren. Und so geschah es: Alle jüdischen Lagerinsassen des Sägewerks wurden mit knallenden Pistolen und derbem Geschrei zusammengerufen und in ihre Unterkünfte, in die Holzbaracken, getrieben. Ein einziger jüdischer Zwangsarbeiter wehrte sich. Mit dem Mut der Verzweiflung entriss er einem Polizeibeamten das Gewehr und eröffnete das Feuer gegen seine Mörder. Nun ging alles sehr schnell! Die SS schoss zurück, ein furchtbares Gemetzel, dem dieser Mann als erster zum Opfer fiel, entstand. Dann feuerten sie mit Gewehren und Maschinenpistolen in die Unterkünfte und warfen Handgranaten hinein. Die Holzbaracken fingen Feuer und brannten schnell nieder. Jene jüdischen Lagerinsassen, die zu diesem Zeitpunkt noch nicht tot waren, verbrannten darin. Sowie sich ein Einzelner aus der brennenden Baracke retten wollte, wurde er unmittelbar niedergestreckt. Franz und seine Kameraden hatten hart durchgegriffen – endlich.

Anschließend versuchte die SS den Schaden wie ein Unfallgeschehen darzustellen und beantragte bei ihrer Versicherung „Schadenersatz für abgebrannte Baracken, Ställe, Garagen und Waschküche, 134 Mannschaftsbetten dreistöckig, 150 Unterhosen …“ Doch die Versicherung beschied, das Massaker sei zweifelsfrei ein Kriegsereignis und verweigerte die Zahlung … Franz, der Bürohengst, hatte es zumindest versucht.

Nach dem Massaker kehrte etwas Ruhe ein und Franz verbrachte viele Abende mit seinen Kameraden im Offizierscasino. In der Nacht war er mit sich und seinen Erinnerungen allein. Alkohol wurde zu seinem liebsten und ständigen Begleiter.

In der Kleinstadt in Oberdonau indes kämpften die Menschen auf ihre Weise. Sie mussten mit den mittlerweile zahlreichen Verlusten geliebter Menschen fertig werden. Apollonia marterte sich unentwegt mit der unerbittlichen Frage: „Max, wie überlebe ich deinen Tod?“ Alpträume plagten ihren Geist. Der Traum eines gemeinsamen Lebens, der Traum einer Familie war geplatzt. Apollonia fühlte sich vom Leben betrogen. „Sogar meine kleine Schwester hat es besser erwischt!“, klagte sie das Unbekannte an, das sie doch erhören müsse: „Gott wo bist du nur? Wo bist du nur gewesen, als du mir meinen Max genommen hast, meinen geliebten Max? Damit hast du mir alles genommen. Du hast mir meine Familie genommen, meine Kinder, die wir miteinander gehabt hätten! Meine Zukunft!“ Sie beschimpfte und verfluchte diesen Herrgott, der ihr das angetan hatte. „Wo warst du nur?“ Der Gedanke an ihre kleinen Nichten und Neffen – an Rosa und Karl Heinz ihres Bruders Franz – zerriss ihr schier das Herz. Und sogar Maria war mittlerweile Mutter geworden, zweifache Mutter sogar – erst kam Siegfried und ein Jahr später Theresia, für die sie sogar die Patenschaft übernommen hatte. „Und wo bleibe ich?!“, fragte sie vorwurfsvoll in das Nichts. Nach jenen qualvollen und schlaflosen Nächten konnte sie unmöglich zur Arbeit gehen, blieb zuhause und ließ sich von ihrer Mutter verwöhnen.

Maria, müde von den Allüren ihrer Schwester, hatte sich bereits aus dem Weininger Haus zurückgezogen und ein eigenes Heim aufgebaut. 1939 schon heiratete sie ihren Alfred und zog – damals 19-jährig – mit ihm in sein Elternhaus. Dort musste sie zwar das Regiment zweier Schwägerinnen ertragen, aber die Vormachtstellung Apollonias war sie los. Dennoch schien es ihr manchmal, sie wäre vom Regen in die Traufe gefallen. Es herrschte ein feindseliges Klima im Haus am Roßmarkt. Sie wurde begutachtet, kritisiert, sauertöpfisch beobachtet und konnte es den beiden Schwestern nicht recht machen. Aber Maria war bald nicht mehr allein in ihrem neuen unfreundlichen Haus – ohne ihren Mann zwar, denn Alfred befand sich im Kriegseinsatz, aber mit ihren beiden Kindern. „Wenn du nur bald zurückkommst!", flehte sie ihren Alfred in stummen Dialogen an: „Dann will ich das Gezänk deiner Schwestern gern ertragen!" Maria half weiterhin im Betrieb ihrer Eltern, doch ihre Hauptarbeit leistete sie als Hausfrau und Mutter und in der Sattlerei ihrer Schwiegereltern.

Eines Sonntagmorgens, als die Weininger-Eltern ihre Familie zum gemeinsamen Frühstück geladen hatten, rezitierte Maria aus einer Zeitschrift: „Frauen, seid bereit für den Abruf!" Es war die Überschrift eines Artikels in der nationalsozialistischen Zeitschrift „Frauen Warte". Die gute deutsche Frau habe ihren Beitrag zu leisten, hieß es und dass es viele Möglichkeiten gebe, dies zu tun. „Und … Apollonia, Wo setzt du deine Kraft an der Heimatfront ein?", fragte Maria spitz. Sie wollte ihre Schwester provozieren und blickte Apollonia herausfordernd an, während sie ihren Kleinen Butterbrote strich. Es sollte ein kleiner Seitenhieb gegen ihre ach so empfindliche Schwester sein, die – unter ihrer Krankheit leidend – keine Dienste leisten konnte, nicht einmal die häuslichen selbstverständlichen, die ihr Maria unzählige Male abzunehmen hatte. Aufgrund ihres unermesslichen Leides, dachte Maria zynisch, wird es ihr wohl nicht möglich sein, ihren Dienst am Vaterland zu leisten. Doch Maria sprach die Worte nicht aus. Sie wusste, dass sie sofort von ihrer Mutter in die Schranken gewiesen würde. Sie war zwar verärgert, aber sie wollte keinen offenen Streit.

„Jede Frau hat den heißen Willen, in diesen Wochen, in denen unsere Männer, Söhne und Brüder an der Ost- und Westfront mit der Waffe in der Hand für Deutschland sich einsetzen, an irgendeiner Stelle der Heimatfront ihre Kraft einzusetzen", klärte die „Frauen Warte" auf. Diese zusätzlichen Dienste für den Führer und an der Heimatfront sollten die Frauen während des Nationalsozialismus in Frauenarbeitsgruppen leisten: sie halfen in kinderreichen Haushalten aus oder in männerlosen Landwirtschaften – die harten Arbeiten an den Höfen mussten schließlich erledigt werden. Die Bäuerinnen allein konnten nicht die gesamte Landwirtschaft bewältigen. Ihnen musste geholfen werden. So erledigten viele Kriegsgefangene und verschleppte Fremdarbeiterinnen die landwirtschaftliche Arbeit, doch halfen auch Frauen und Mädchen aus dem sogenannten Dritten Reich mit. Auch in Schneiderwerkstätten wurde gearbeitet – alte Kleidung gestopft, geflickt und ausgebessert. Außerdem wurden Luftschutzübungen angeleitet und vieles mehr.

Die Provokation Marias ließ Apollonia nicht unberührt, sie fühlte einen Stich mitten ins Herz. Ja ihr Dienst an der Sache war gering, aber sie fühlte sich doch so schwach und niedergeschlagen …
Maria insistierte an ihre Eltern gewandt:
„Ich bin doch verpflichtet als deutsche Frau dem Führer und seiner Sache zu dienen. Als BDM-Führerin erzählte ich doch den Mädchen das Gleiche! Nicht wahr, Vater?"
Der alte Weininger seufzte: „Ja ja", wischte sich die Hände am Schurz ab und verschwand in der Backstube, Sauerteig vorbereiten, wie er angab. Er wollte diesen Sticheleien entgehen, die in letzter Zeit immer häufiger die Weininger'sche Harmonie störten.
Die Mutter aber bestätigte Maria:
„Sich in eiserner Disziplin vorbildlich in die große Kampfgemeinschaft einbringen! So steht es in der Zeitung", las sie laut, bevor sie, vom Klingeln der Türglocke aufgefordert, in das Geschäft eilte um sonntägliche Kundschaften zu bedienen. Neu ankommende Flüchtlinge brauchten oft auch am Wochenende Brot.

Die Menschen erhielten Bezugskarten. Frau Weininger nahm die Karten der Kundschaften an und tauschte sie gegen Brot und Semmeln.
„Zum Glück gibt es bei uns noch genug für alle!", schwatzte eine Kundin zufrieden.
„Aber sicher, der Führer lässt uns doch nicht im Stich!", entgegnete die Bäckerin.

„Heil Hitler“
„Wiederschaun“
Nicht alle wollten sich dem Hitlergruß unterwerfen und bei manchen spürte Frau Weininger ganz deutlich, wie schwer ihnen der Hitlergruß über die Lippen kam. Ihr war es egal. Was machte es schon für einen Unterschied Grüß Gott oder Heil Hitler zu rufen. Frau Weininger wollte sich darüber keine Gedanken machen. „Grüß Dich, Anna“, rief Frau Weininger nun freundlich der jungen Frau zu, die Maria abholen wollte: „Maria ist eh schon fertig! Sie freut sich schon auf euren Einsatz! Und ich mich auf die Enkelkinder!“

Die beiden jungen Frauen liefen zur Dienststelle der NS-Frauenschaft in das ehemalige Gemeindeamt. Dort trafen sie eine Gruppe Frauen jeden Alters, die gemeinsam zur Erntehilfe in nahegelegene Höfe aufbrachen.

Apollonia indessen blickte ihrer Schwester und deren Freundin versonnen nach. Neidvoll beobachtete sie, wie unbekümmert und jugendlich kraftvoll sie waren – und dabei auch noch Mutter – dieser Stich tat am meisten weh. Obwohl Marias Liebster noch im Kriegseinsatz war, so wusste sie doch, dass er lebte. Gestern erst hatte Maria einen Brief von ihm erhalten. Alfred war mittlerweile in Dänemark eingesetzt. Maria gab sich der Illusion hin, je mehr Dienste sie für die „Kampfgemeinschaft“ verrichten würde, umso besser würde es für ihren Alfred ausgehen – umso eher würde er unversehrt wieder vom Kriegseinsatz heimkehren. Sie glaubte fest daran und wollte keine Zweifel hören. Unermüdlich verrichtete sie nach Haushalt und Kinderversorgung, nach ihrer Mithilfe im Geschäft ihrer Schwägerinnen und nachdem sie ihre Mutter im Haushalt unterstützt hatte, wenn Apollonia wieder einmal ausfiel, Wochenend- und Abenddienste für das Reich. Die Großmutter und Apollonia sollten derweil die Kinder übernehmen. Doch mit Apollonias Hilfe war nur spärlich zu rechnen. Wenn sie ihren

Neffen Siegfried und ihre Nichte Theresia beobachtete, erfasste sie das eigene Leid, wenn auch Selbstmitleid, wie ein wütendes Ungeheuer.

Die geschäftige Maria hatte sich gemeinsam mit vielen anderen Frauen aus der Stadt in Kursen für ihren Einsatz vorbereitet: Sie lernte Haushaltsführung und Säuglingspflege, wurde in die Arbeit am Bauernhof eingeführt und besuchte auch einen Erziehungskurs. Nun, im Sommer 1944 war ihre Hilfe für den „Reichsnährstand", wie sie Landwirtschaft und alles rund um die Versorgung der Menschen nannten, vonnöten.

Insgeheim bewunderte Apollonia ihre disziplinierte Schwester. Sie selbst fühlte sich schwach und zu nichts nutze in diesen Monaten nach Max' „Heldentod". „Heldentod – dass ich nicht lache! Lieber ein lebendiger Feigling, als ein toter Held …", murmelte sie anklagend in die Leere des Raumes. Mitansehen zu müssen, wie vital und zuversichtlich ihre agile Schwester ihr Leben bestritt und das eigene verdammte Leid spüren zu müssen, vermengten sich in Apollonia zu einer trotzigen Abwehrhaltung. Mehr noch – manchmal hasste sie ihre Schwester. Im Laufe der Wochen verhielt sie sich der fleißigen, aktiven, mütterlichen und ihr dadurch im Glück zuvorgekommenen kleinen Schwester gegenüber immer schnippischer:
„Du tolles deutsches Mädchen, geh nur helfen. Der Hitler dankt dir's sicher!" Apollonia nahm sich – im Gegensatz zu ihrer Schwester – kein Blatt vor den Mund.
Maria sprang auf, richtete einen empörten Blick an ihre Mutter und erwartete, dass Apollonia – endlich! – zurechtgewiesen würde. Obwohl erwachsene Frauen, benahmen sie sich wie kleine Mädchen, die um die Gunst der Eltern buhlten. Und wie so oft sollte Maria auch diesmal enttäuscht werden:

„Aber geh Apollonia … “, murmelte die Mutter nur, um dann mit lauter Stimme Maria zu rügen: „Was musst du deine Schwester auch immer so sekkieren! Weißt doch eh, dass sie nicht gut beinand ist.“ Maria versteifte sich von den Zehen bis zum Haaransatz, biss die Zähne zusammen, sog tief Luft ein und schloss ihre Augen. Dann drehte sie sich um und spülte das Geschirr. Endlich kam – einmal mehr – Anna, um sie zum Frauendienst abzuholen und fortzubringen – fort von diesem beengenden Elternhaus, dieser Ungerechtigkeit ihrer Eltern und fort von diesem verletzenden Zynismus ihrer großen Schwester.

Nun war Apollonia allein. Ein tiefer Seufzer, gemischt aus Groll und Schuld, bahnte sich seinen Weg aus ihrem Innersten. Sie senkte den Kopf und eine derart aussichtslose Trostlosigkeit übermannte sie, dass sie glaubte, es nicht mehr ertragen zu können, es, das Leben, das Leid, die ungerechte Verteilung des Glücks. Alles. Sie fühlte sich gelähmt, bleischwer, zu nichts fähig, nicht einmal zu einem klaren Gedanken. Nur Gefühl, nur Verzweiflung. Langsam griff sie in ihre Schürzentasche, in der sie stets ein Bild von Max – ihrem Verlobten, ihrem verstorbenen Verlobten, ihrem im Krieg gefallenen Verlobten – mit sich trug. Sie betrachtete es lange. Tränen liefen über ihre Wangen. Ein lautes verzweifeltes Schluchzen arbeitete sich aus der Tiefe ihrer Seele nach außen. „Warum?“, klagte sie: „Warum?“, und legte ihren Kopf auf den Tisch. Lange saß sie so, allein, schluchzend, klagend. Erschrocken lugte Frau Thiele, der zugewiesene Gast aus Berlin, ins Zimmer.
„Was ist denn los?“, fragte sie.
„Lassen Sie mich allein!“, herrschte Apollonia sie an, worauf sich die Berlinerin gekränkt zurückzog.

Frau Thiele war ein Opfer der Bombardements über Berlin. Ihre Angehörigen wurden getötet und ihre Heimstatt zerstört. Wie viele andere obdachlose Menschen kam sie daher in eine neue Unterkunft – organisiert durch die NS- Wohnungsbewirtschaftung.

Apollonia weinte noch lange. Sie beweinte den Kummer, ihren geliebten Max nie mehr wieder sehen zu können. Sie beweinte seine letzten Lebenstage, -wochen, -monate. Sie beweinte die Sinnlosigkeit des Schlachtens, Kämpfens und Sterbens. Sie beweinte ihre Einsamkeit, ihre Kinderlosigkeit. Sie dachte an Heini und all die Kameraden, deren Frauen ebensolchen Kummer haben würden wie sie. Sie beweinte die russischen Frauen, die um ihre Männer weinen und alle, die in diesem scheußlichen Krieg ihr Leben verloren. „Auch mein Leben ist ein verlorenes Leben", schluchzte sie und blickte entkräftet auf das Foto.

Als sie alle Tränen geweint, alle Seufzer geseufzt und alle Bitterkeit ausgespien hatte, fühlte sie sich leer und ermattet – und etwas erleichtert. Plötzlich bäumte sich eine unbekannte Kraft in ihr auf und ließ sie tief einatmen. Zugleich streckte Apollonia ihren Oberkörper, als wäre sie aus einem langen Schlaf erwacht. Sie riss ihre Augen auf und verengte sie wieder zu kleinen Schlitzen, dann schlug die Erwachende mit beiden Händen auf den Tisch und rief: „Nein. Ich will nicht. Ich will mein Leben nicht verlieren. Ich will endlich wieder leben." Sie wischte sich die Tränen aus ihren Augen und atmete noch einmal tief durch. Nach einer kurzen Pause erhob sie sich, ging zum Waschbecken, benetzte ihr Gesicht mit kaltem Wasser und betrachtete sich lange im Spiegel. Dann eilte sie zielstrebig hinauf in ihre kleine Kammer, öffnete den alten Kleiderschrank und griff nach ihrem schönen Stadtkleid. Sie zog es über und betrachtete sich im Spiegel. So recht wollte sie sich noch nicht gefallen. Ihr Teint war noch zu grau, ihre Augen zu geschwollen, ihr Blick zu ausdruckslos. Also tätschelte sie ihre Gesichtshaut in der Hoffnung, dass diese rosig würde, legte einen kalten Lappen auf ihre Augen, wartete kurz und betrachtete das Ergebnis. Na, ja, schon mal ein Anfang, dachte sie, daraufhin nahm sie ihren rötesten Lippenstift zur Hand und zog ihre vollen Lippen nach. Ihre Augen schminkte sie mit Wimperntusche und einem kräftigen schwarzen Lidstrich. Fertig. Nach einem kritischen Blick war sie zufrieden und machte sich auf zu einem Spaziergang durch die Stadt. „Max, ich mache mich wieder auf!“, seufzte sie stumm: „Mein Leben soll mir wieder schmecken!“

Sie traf an diesem Samstag nicht viele Menschen in der Kleinstadt, denn die meisten waren mit ihren „Diensten am Vaterland“ beschäftigt. Nur den Bürgermeister, der zusammen mit einigen seiner Parteigenossen am Adolf-Hitler-Platz stand und palaverte, erkannte sie. Sie grüßte freundlich und die Herren lüfteten ihre Hüte. Wieder einmal spürte sie die bewundernden Blicke in ihrem Rücken und die kurze Pause im Gespräch, während sie an der Gruppe vorbeischritt. „Ich kann es noch!“, dachte sie bei sich und ein triumphierendes Lächeln breitete sich auf ihrem Gesicht aus: „Ich kann es noch!“

Sie nahm an einer Bank am Brunnen Platz und blätterte in ihrer Zeitschrift. Die „Frauen-Warte“ berichtete über „Unsere Nachrichtenhelferinnen des Heeres“: Sie müssten von hoher sittlicher Gesinnung sein, las sie, um den Versuchungen der Spionage zu widerstehen. „Hohe sittliche Gesinnung!“, wiederholte sie halblaut. Die Worte gefielen ihr – sie liebte deren theatralischen Ausdruck. Dann las sie interessiert weiter, dass Abenteuerlust oder der Wunsch sich der mütterlichen Obhut zu entziehen kein angemessener Beweggrund sei, um als Fernschreiberin für das Heer arbeiten zu wollen, denn die jungen Frauen würden von ihrer Führerin auch außerhalb der Dienstzeit streng kontrolliert … Apollonia war beeindruckt – dieser Zusammenhalt, dieser Einsatz für die große Sache – das imponierte ihr immer noch … Obwohl: „Ob ich so viel Kontrolle ertragen würde? Und das alles für diesen sinnlosen Krieg!“ Beinahe erschrak sie über ihre wehrkraftzersetzenden Gedanken …
„Sinnloser Krieg“.

Auch ein weiterer Artikel fesselte ihre Aufmerksamkeit: Ein Preisausschreiben, das nach den eroberten Gebieten des Dritten Reichs fragte: „In welchen Ländern Europas weht heute die siegreiche Fahne Großdeutschlands?“, hieß es da. Die Bilder ließen Paris erkennen und seinen Eiffelturm, eine Windmühle dürfte wohl die Niederlande darstellen, die Akropolis Athen, eine Statue Hans Christian Andersens im Hafengelände könnte auf Kopenhagen, Dänemark, hinweisen und ein Fjord auf Norwegen. „Die Kuppelkirche auf diesem Bild – soll das die Karlskirche in Wien sein?“, überlegte sie, aber die anderen Bilder konnte sie nicht zuordnen. „Ganz aktuell kann die Zeitschrift nicht sein“, wunderte sich Apollonia und überprüfte das Datum und tatsächlich – es war eine Ausgabe vom Jänner 1943. Damals war der Durchbruch der Alliierten in der Normandie noch nicht erfolgt, auch der Vormarsch der Russen im Osten war noch nicht so weit gediehen.

Plötzlich näherte sich ein Herr aus der Gruppe von vorhin. „Was studieren Sie denn so angestrengt?“, fragte er freundlich. Apollonia schenkte ihm ein süffisantes Lächeln und sprach: „Das Großdeutsche Reich ist mittlerweile so groß, dass mir einige Länder nicht mehr einfallen wollen. Vielleicht können Sie helfen?“ Der Herr, ein großgewachsener Mann um die 40, stechende blaue Augen, kantiges Gesicht, mit Pomade zurückgehaltene kurze brünette Haare, nahm neben ihr Platz. Sie betrachteten gemeinsam die Bilder und er ergänzte: „Das ist Brüssel, Belgien. Die Panzersperren auf diesem Bild stehen wohl in Serbien oder Russland und dieses Bild hier ist Prag.“ ‚Wie kommt's, dass du nicht im Krieg bist', überlegte Apollonia bei sich: ‚Fesch bist du, das muss ich dir lassen …' Bewundernd blickte sie ihn offen an und antwortete: „Sie sind ein kluger Mann! Lassen Sie uns doch mitspielen. Vielleicht gewinnen wir den Hauptpreis von 100 Reichsmark!“ Sie lachte: „Oder eines der 50 großen Führerbilder im Kunstdruck mit Passepartout! Oder wäre Ihnen ein Roman lieber?“, fragte sie keck und grinste. „Alles schön, wenn wir es miteinander teilen!“, flirtete er gleich mit.

Als Apollonia nach Hause ging, fragte sie sich, ob das der Geschmack des Lebens sei, nach dem sie gesucht, ja gelechzt hatte. Doch eine ehrliche Antwort wartete sie nicht ab. Sie konnte eine zweifelnde

Stimme der Vernunft im Moment nicht gebrauchen, hätte sie doch ihrer überbordenden wilden Lebenslust nicht entsprochen. So blieben die feinen Töne ihrer Seele unerhört. Viel schneller als jegliche einschränkenden Gedanken war ihre wilde Entschlossenheit zu leben, war ihr Drang, keine Zweifel aufkommen zu lassen. Lieber ausleben, als leiden, lieber unmäßig trinken, als dürsten, lieber ungesund essen, als hungrig zu bleiben. Sie schüttelte ihr Haupt, die Locken wippten wild. „Ich will mich nicht mehr zähmen lassen! Nicht für die Familie, nicht für die Nachbarn, nicht für das System!", dachte sie wild entschlossen. Apollonia wollte genießen, koste es was es wolle. Sie lechzte nach dem prallen Leben wie ein Verdurstender nach einem vollen Krug Wasser. Sie griff nach dem Leben – oder was sich danach anfühlte – und wollte nicht (mehr) nachdenken.

Apollonia traf ihren Flirt wieder. Erst gingen sie auf ein Glas Wein ins Café Beer. Sie trank etwas mehr als sie gewöhnt war, sie lachte etwas lauter als früher und sie präsentierte sich etwas hemmungsloser als vor dem Krieg. Anschließend gingen sie zu ihm nach Hause. Apollonia gab sich ihm hin. Zuhause spürte sie einen bitteren Nachgeschmack. Es war keine Liebe, nicht mal Leidenschaft. „Warum machst du das?", meldete sich nun doch eine Stimme in ihr. Sie wischte sie weg, wie sie ab nun auch ihre Trauer wegsteckte. Stattdessen kamen unstillbarer, verzweifelter Lebenshunger zum Vorschein und sie wurde von einer Ungezügeltheit erfasst, die sie bisher selbst nicht an ihr gekannt hatte. Dies war nicht die leidenschaftliche Hingabe, mit der sie einst Max beglückt hatte. Es war eine wilde, verzweifelte Sucht nach Vergessen, nach Triumph, der über das Erlebte hinausgehen sollte. „Du kannst mich mal, du elender Krieg, du elende Zeit, du elendes Leben!", rief sie sich in diesen Nächten innerlich zu und schenkte sich vom guten Weine nach.

Der Herr – ein UK gestellter Geschäftsmann, der in der Partei nicht unerheblichen Einfluss hatte, wie sie bald erfahren sollte – hatte ernsthaftes Interesse an ihr. Apollonia ließ noch einige Begegnungen zu. Meist Samstag nachmittags schlenderten sie durch die Kleinstadt, wenn kein Fliegeralarm sie daran hinderte. Am Abend wurden die Fenster verdunkelt und keine Straßenlaterne erhellte den Heimweg. Betrat sie mit ihrem Nazi-Freund ein Lokal, verstummten augenblicklich die Gespräche. Man starrte sie kurz an – eine Schrecksekunde lang – doch sogleich fassten sich die Gäste wieder und legten einen unbefangenen Plauderton an den Tag. Manchmal spazierten die beiden an den Stadtrand in die Natur, vorbei an schnell errichteten Holzbaracken, in denen Flüchtlinge aus dem Osten hausten. Einige von ihnen waren deutscher Abstammung und hatten den Weg „heim ins Reich“ hinter sich gebracht.

Doch nach ein paar Monaten sagte Apollonia die Treffen immer öfter ab, schützte Termine vor und machte schließlich Schluss: „Es tut mir leid, wir passen nicht zusammen“, sagte sie nur, griff nach ihrer Handtasche und ging. Er blieb etwas ratlos im Café zurück und dachte zornig: „Du miese kleine Bäckerstochter. Wer glaubst du wohl wer du bist? Das wirst du noch bereuen!“

Vorerst bereute sie nichts. Sie war erleichtert, wieder ungebunden zu sein und nutzte ihre Freiheit weidlich aus. Sie war viel unterwegs, ging oft aus – mit ihren Freundinnen, mit Freunden. Manche wurden zu Liebhabern. Die Abende wurden wieder gesellig mit ihr. Sie fand – nicht zuletzt durch die belebende Wirkung einiger Gläser Wein – wieder zurück in ihre „alte Form“, sang lauthals, warf sich den Männern an den Hals und ließ sich beflirten, bewundern, betatschen. „Ach was soll's!“ wurde zum Motto ihrer nächsten Lebensmonate. Den Männern – es waren nur mehr noch parteilich engagierte und alte Männer in der Stadt – gefiel's und Apollonia kostete aus, was sie nur kriegen konnte.

Die Nächte waren laut. Die Tage elendig. Ihre Eingeweide spielten verrückt. Ihr war es egal. Mutter kümmerte sich um sie. Ein-, zweimal musste sie wieder in das Krankenhaus. Die vielen Krankenstandstage fielen langsam auf im Büro, aber auch dort ließ sie gekonnt ihren Charme spielen und brachte den Chef auf ihre Seite. Er konnte ihr nichts abschlagen – und nichts verübeln.

Eines Tages wurde ihr Vater angesprochen, dass doch auch seine Tochter Apollonia ihre Pflichten dem Reich gegenüber hätte, warum sie denn in keinem der vielen Frauendienste tätig sei. Man sehe sie doch oft genug in den Wirtshäusern, solle sie doch ihre Zeit und ihre Kraft der Kampfgemeinschaft widmen!
„Oder willst du deine Stellung verlieren, Herr Blockwart, Herr UK?“, fragte der Herr mit dem Naheverhältnis zur Partei, den Apollonia einige Wochen zuvor so „schamlos“ sitzen ließ, und grinste höhnisch.

Vater sprach mit ihr.
„Man kann mich doch zu nichts verpflichten!“, rief sie empört: „Ich bin ein freier Mensch. Ich tu was ich will. Und außerdem: Wofür?“
„Psst“, entgegnete der Blockwart aufgeregt: „Still! So darfst du nicht sprechen! Weißt du denn nicht, dass ich Menschen wegen solcher Reden anzeigen müsste!“
Er starrte sie streng an und sie nahm ihn ernst. Sie spürte die Angst in Vaters Blick und lenkte ein:
„Na gut, dann geh ich halt mal zur Dienststelle und frag nach!“
Vater war erleichtert. Schon seit geraumer Zeit fiel ihm die Rastlosigkeit seiner Tochter auf und sie tat ihm leid. Er verstand woher ihre Sehnsucht kam und wusste doch, dass er ihr nicht helfen konnte.
„Hoffentlich zügelt sie ihr Temperament!“, dachte er nur, als sie schnellen Schrittes davonrauschte.

Gehorsam besuchte sie einen Nähkurs, um alte Kinderkleidung zu flicken. Woher diese kam, wusste niemand so genau. Die Frauen erzählten sich Gerüchte, wonach sie jüdischen Kindern abgenommen worden wäre. Die hätten ohnehin so viel, man wüsste ja, wo der Reichtum daheim gewesen wäre, dieses Gewand ginge niemandem mehr ab, aber die Deutschen, die heim ins Reich gekommen wären, die hätten noch a Freud mit den Sachen … Apollonia nähte Ärmel an, flickte, wo Löcher oder Risse in der Kleidung waren oder besserte Rocklängen oder Beinlängen aus. Sie merkte, dass sie nicht ungeschickt darin war und machte die Arbeit eigentlich gerne. Jüdische Kinder, denen man ihr Gewand abnimmt …

Eigenartig. Die Dinge, auf die sie sich keinen Reim machen konnte, häuften sich. Wo kamen all die Juden, die aus ihren Wohnungen und Geschäften vertrieben wurden, hin? Sind die alle in das Ausland geflüchtet? Sie erinnerte sich daran, was man von der Reichskristallnacht erzählt hatte. Max hatte ihr damals betroffen und angstvoll berichtet, dass die Juden aus den Häusern getrieben und verprügelt, ihre Geschäfte zertrümmert und ihre Güter entwendet worden waren. Die verstörenden Vorkommnisse widersprachen Apollonias Rechts- oder vielmehr Unrechtsbewusstsein. „So kann man doch mit Menschen nicht umgehen!“, dachte sie. Dann erinnerte sie sich wieder der Worte ihres Bruders: „Die Juden sind schuld an unseren Problemen. Sie sind Ungeziefer für ein funktionierendes Reich. Weg mit ihnen!“ In diesem Moment lief es ihr kalt über den Rücken. Was könnte Franz gemeint haben mit „Weg mit ihnen!“?

Schreckliche Gedanken. Gut, dass sie am Abend wieder eine Verabredung hatte. Dann könnte sie sich wieder ablenken. Den aufkeimenden Schrecken verdrängen, sich die Welt schönreden – so schön es eben ging in jenen Jahren.

Die Stunden, in denen die Frauen ihre Dienste für das Reich ableisteten, wurden Frauenstunden genannt. Apollonia verrichtete sie wöchentlich. Wie in jeder Frauenstunde rief die Führerin auch diesmal ihrer Nähgruppe zu: „Die Pflicht ist Freude!“ und warf einen Packen voller Wehrmachtsuniformen auf den Tisch. „Da gibt's viel auszubessern, gehen wir's an!“, forderte sie die Frauen auf. Schusslöcher, Risse, Stofffetzen, die runterhingen – der Krieg hinterließ seine Spuren – auch an den Uniformen. Zum Glück waren sie bereits gewaschen, sodass keine Blutflecken mehr darauf zu erkennen und kein Angstschweiß mehr zu riechen war. Es war still in der Gruppe, obwohl manchen nach Schreien zumute war. Aber alle rissen sich zusammen und arbeiteten konzentriert. In Gedanken waren sie bei den Menschen, die bis vor kurzem in diesen Uniformen steckten und deren Schicksal, Leben oder Tod an den Hemden klebte. Ist der Träger bereits gefallen? Oder liegt er verwundet im Lazarett? Wer trägt die ausgebesserte Uniform als nächstes, welches Schicksal wird ihm blühen? So mancher Seufzer wehte durch den Raum. Die Stimmung war bedrückt. Die Frauen sehnten sich ihren Liebsten, ihren Mann, ihren Sohn, ihren Bruder oder Vater zurück nach Hause. Doch niemand sprach es aus.

Langsam und nachdenklich marschierte Apollonia nach Hause. Wieder einmal wollte sie die unendliche Trauer über den Verlust ihres Geliebten überfluten. Sie spürte, wie sie die Welle mitzureißen drohte und etwas in ihr wollte es zulassen, wollte sich der Trauer hingeben und weinen weinen weinen. Alle Kraft schien aus ihrem Körper zu fließen, sie war plötzlich so müde! Da liefen ihr Maria und ihre beiden Kinder über den Weg. Maria, die Mutter, Maria mit ihrer Vitalität, ihrem Siegeswillen und ihrer Zuversicht. In Apollonia wurde wieder der Zorn geweckt, der Trotz – sie bäumte sich innerlich auf gegen die Wellen der Trauer. „Nein! Ich will nicht daran denken!“, sagte sie sich einmal mehr und setzte ein gewinnendes Lächeln auf, als wollte sie das Leid besiegen.

Ein Lächeln, das die Welt sehen durfte. Den Schmerz vergrub sie tiefer und tiefer und je tiefer sie ihn vergrub, umso anziehender wurde ihr Lächeln. Sie wollte anziehen, sie wollte gefallen, gierig saugte sie dieses süchtig machende Gefühl, bewundert und verehrt zu werden, auf. Sie lächelte breit, richtete sich auf, schwang ihre Hüften und schritt an den französischen und belgischen Kriegsgefangenen vorbei, die an diesem Spätsommerabend des Jahres 1944 im Nachbarhof nach getanem Tagwerk in den Bauernhöfen der Umgebung, zusammenhockten und rauchten. Apollonia spürte es wieder, dieses Prickeln, wenn die bewundernden Blicke ihr folgten, wenn das Gemurmel plötzlich Pause machte, wenn die anerkennenden Lacher und Pfiffe ihr galten. Es gefiel ihr. Es machte sie die Trauer vergessen. Es weckte ihren Hunger. Es machte sie süchtig.

Sie kramte in ihrer Handtasche nach einer Zigarette, steckte sie langsam in den Mund, drehte sich zu den Männern, neigte den Kopf und wartete ab. Sofort sprangen einige der Männer auf und eilten herbei um ihr Feuer zu geben. „Wie aeßt du?“, fragte der Glückliche, der am nächsten an sie herankam. Doch Apollonia sah ihm nur tief in die Augen und wandte sich wieder zum Gehen. Es war ein triumphaler, ein vielversprechender Abgang. „Gut inszeniert Apollonia!“, freute sie sich still.

„Ja sag einmal, bist du verrückt?“, schalt Maria sie anschließend. Sie hatte die Szenerie vom Küchenfenster aus beobachtet:
„Das ist doch verboten! Du kannst dich doch nicht mit denen einlassen!“
„Ach Papperlapapp!“, lachte Apollonia, deren Jagdinstinkt von diesen moralinsauren und ängstlichen Worten richtiggehend befeuert wurde.
„Das ist verbotener Umgang! Das ist strafbar. Dafür musst du ins Gefängnis!“, redete Maria mit gepresster Stimme auf sie ein, aber Apollonia winkte nur ab:
„Die können mir doch nicht alles verbieten!“, sagte sie und rauschte aus dem Zimmer.

Maria schüttelte den Kopf über ihre leichtsinnige Schwester. Es war keine zwei Jahre her, als in einem Dorf nebst der Kleinstadt ein polnischer Kriegsgefangener hingerichtet worden war. Ein Gspusi mit einer ortsansässigen Magd war ihm nachgesagt worden. Das war alles. Verunreinigung der arischen Herrenrasse, Rassenschande – darauf stand die Todesstrafe in diesen Tagen. So wurde der polnische Gefangene zum Tode durch den Strang verurteilt. Und damit das Urteil seine abschreckende Wirkung auch ja gut entfalte, mussten zwei Kameraden des Polen das Urteil vollstrecken – am Anwesen seines Dienstherren, des Bauern. Und alle polnischen Zwangsarbeiter aus der Umgebung wurden herbeigeschafft um den Toten hängen zu sehen. Ihnen wurde in polnischer Sprache erklärt, warum er hingerichtet worden war. SS-Männer sorgten für den reibungslosen Ablauf dieses makabren Lehrstücks.

Die Leute erzählten sich diese Geschichten. Plakate über den Umgang mit Rassenschändern hingen an Wänden und Litfaßsäulen und klärten die Bevölkerung auf. Auch Apollonia wusste Bescheid. Dennoch: Sie brauchte lediglich drei Zigaretten, bis sie mit dem charmanten Franzosen ihr erstes Rendezvous vereinbart hatte. Sie ließ einen Zettel fallen, an dem sie ihm Ort und Zeit ihres heimlichen Treffens mitteilte. Sie mussten vorsichtig sein. Weder seine Kollegen und schon gar nicht die Nachbarschaft dürften etwas bemerken.

Auch die Berlinerin, die seit einigen Wochen bei den Weiningers einquartiert war, durfte auf keinen Fall Verdacht schöpfen. Die Dame, Frau Thiele, wurde ihnen zugewiesen, da sie in ihrer Heimatstadt „ausgebombt" worden war. „Seid vorsichtig!", hatte Vater damals seiner Familie befohlen: „Sie könnte uns bespitzeln!" Seither sprach man im Hause Weininger nur hinter verschlossener Tür miteinander. Alle gewöhnten sich einen Rundumblick an, mit dem sie die Lage sondierten, um dann wichtige Dinge nur flüsternd auszutauschen.
„Die Frau mag ich nicht!", urteilte Walter, der den Argwohn seiner Familienmitglieder spürte.
„Psst! Wände haben Ohren!", bedeutete man ihm, den Finger an den Mund legend. „Psst!" – wie so oft in diesen Tagen.

Nicht auszudenken, wenn Frau Thiele etwas mitbekommen würde! Eine Anzeige hätte schreckliche Folgen! Nicht einmal Vaters Funktion als Blockwart würde ihnen dann helfen. Apollonia wusste, dass sie Verbotenes tat. Sie wusste, dass es gefährlich war, aber sie kümmerte sich nicht darum. Im Gegenteil: Der Reiz des Verbotenen hatte enorme Wirkung auf sie. Das Abenteuer lockte. Je wilder und gefährlicher, umso besser konnte es ihre mühsam verdrängten, tiefer liegenden Gefühle, ihren Schmerz überdecken.

Sie erwartete den Franzosen, er hieß Marcel Brinoult, um Mitternacht an der Hintertür und schlich mit ihm in ihr Zimmer. Das Abenteuer war perfekt! Er war charmant, sprach von amour – toujours – belle femme – mon amour … Es war … schön. Sie war … fast ein bisschen verliebt. Auf jeden Fall bereitete ihr die Liebesnacht wunderbare Gefühle. Verbotene Leidenschaft. Ein Genuss ohne Reue? Hoffnung keimte in ihr auf. Würde doch wieder alles gut werden?

Sie trafen sich in den folgenden Wochen fast jede Nacht. Sie liebte diese Affäre und ein wenig auch diesen Mann. Irgendwann begannen Apollonia und Marcel über ihre Zukunft zu sprechen, über den Krieg, über ihre Länder:
„Lange kann nisch mehr sein, diese Krieg“, stammelte Marcel in gebrochenem Deutsch.
„Meinst du? Mein Bruder musste Polen bereits verlassen. Vielleicht hast du recht“, flüsterte Apollonia.
„Und dann, wir bleiben zusamm!“ Marcel versprach nach dem Krieg bei ihr zu bleiben, sie für immer zu lieben, für immer mit ihr zusammen sein zu wollen. Apollonia wollte ihm glauben! Sie blühte auf. Sie strahlte wieder.

„Was ist mit Apollonia los?“, fragte Maria argwöhnisch. Die Schwester spürte die Verwandlung Apollonias von der wilden, rastlosen Frau zum leise vor sich hin summenden, ohne Anlass grinsenden, verliebten Mädchen. Mutter wusste was mit Apollonia los war. Sie hatte die beiden Verliebten im Treppenhaus flüstern gehört, aber sie behielt es für sich. Auch jetzt verlor sie kein Wort über die verbotene Liaison ihrer Tochter mit einem französischen Kriegsgefangenen im zu Ende gehenden Jahr 1944. Auch ihrem Mann verriet sie nichts. Einmal des Nachts huschte sie in den Vorraum, als sie den Liebhaber kommen hörte und beschwor sie flüsternd: „Lasst euch ja nicht erwischen! Passt auf Kinder! Passt gut auf!“ Und sie meinte nicht nur die Gefahr, erwischt zu werden.

1969

Das gefällt ihr. Wenn sie mich anruft und ihre Stimme verstellt, als würde ich sie nicht kennen. Oder wenn sie einfach nur in den Hörer schreit – und ich fassungslos und erschrocken frage, wer denn dran sei. Das gefällt ihr. Oder wenn ich mit ihr ‚Verkaufen' spiele. Dann kramt sie all die kleinen Tässchen, Schächtelchen, Körbchen und Becher hervor und bereitet eine Welt vor uns aus. Sie weiß ja schon, wo deren Platz ist und wir spielen – stundenlang. Ihre Phantasie ist unerschöpflich!

Oder wir lesen aus der „Wunderwelt". Flugs klettert sie auf meinen Schoß, kuschelt sich an mich und ich lese ihr unzählige Indianergeschichten vor, in denen der Große Geist Manitu angerufen und um Rat gefragt wird. Dann spüre ich ihre Spannung und Aufmerksamkeit. Mit meiner Stimme kann ich sie fesseln. Ich hab's noch drauf! Oder die Comics von Zwerg Bumsti wollen betrachtet werden. Ach Kleine, wie schön diese Stunden sind.

Komm lass dich küssen!

Ach küss mich doch du liebes Kind, ja natürlich auf den Mund, ja warum denn nicht, wir gehören doch zusammen, was bist du nur herzlos, wischst dir über den Mund, glaubst ich seh' das nicht du kleiner Fratz. Küssen. Natürlich! Das macht man so, wenn man sich liebhat, hast du verstanden. Wenn man sich liebhat! Und ich hab' dich lieb. Du mich etwa nicht?

Du liebst mich nicht! Es ist so hart.

Sie liebt mich nicht. Dabei tu ich alles für sie.

Dabei tu ich doch alles für dich! Irgendwann wirst du sogar mein Haus bekommen, mein ganzes Hab und Gut. Meinen Schmuck. Meine Bücher. Alles. Weil ich dich liebhabe.

Komm her meine Kleine. Ja ich bin sehr traurig, dass du mich nicht genug liebhast. So was tut weh, weißt du. Das ist sehr schlimm. Das ist sehr schlimm für mich. Ich gebe dir so viel Liebe – und du? Wischst dir den Mund ab hinterher, als wär' ich … Nein so was tut man nicht!

Ja wein' nur! Es ist wirklich traurig, was du tust. Sehr traurig. Du bist herzlos. Du bist schlimm. Man darf doch einem Menschen, der dich so liebhat, nicht so wehtun! Traurig ist das, wirklich traurig!

Aber weißt du, ich bin dir trotzdem nicht böse. Meine Kleine. Schau. Komm in meine Arme. Setz dich auf meinen Schoß. Ich bin dir nicht mehr böse. Wie könnte ich! Ich bin nur traurig. Weißt du. Komm setz dich ganz nah zu mir, noch näher, noch ein bisschen … Ja, so ist es schön. Tante und Nichte. Weißt du wir sind nicht irgendwer. Nicht irgendeine Tante und ihre Nichte. Wir sind etwas ganz Besonderes. Du wirst es schon noch zu schätzen wissen. Schau, wir gehören zusammen. Und jetzt küss mich und wir sind wieder gut!

1945: Die Hilfe

Just in dem Augenblick, als sie sich aufrichtete, wusste sie es. Langsam mit zittrigen Fingern griff sie nach ihrem Schürzenzipfel und wischte sich über den Mund. Lange hielt sie ihr Gesicht bedeckt. Ihr war elend zumute. Übelkeit kroch aus den Eingeweiden bis unter ihre Kopfhaut. Sie starrte auf den hellen Fleck am Boden. Ihr Erbrochenes war schleimig, fast glasig. Viel hatte sie noch nicht gegessen gehabt. Ihr Appetit war schwach. Während sie ihre Finger durch die Haare zog und tief durchatmete, murmelte sie: „Jetzt ist es wohl so." Ihr fror. Der Februartag des Jahres 1945 war kalt und windig. Sie wickelte ihre Jacke um die Taille, seufzte und wandte sich um. Sie schleppte sich zum Wasserhahn, griff nach dem Blecheimer und ließ reichlich Wasser einlaufen, um die Spuren ihrer Übelkeit vom Hof ihres Elternhauses wegzuschwemmen. Musste ja niemand wissen. Durfte ja niemand wissen.

Februar 1945. Die Welt lechzt nach Frieden und Apollonia nach Vergessen. Auch die Welt wird vergessen wollen, aber das ist ihr noch nicht bewusst. Noch hat sie keine Zeit zu erinnern und sich der Größe des Schreckens gewahr zu werden. Noch versuchen die einen, dem Regime zu entkommen, das letzte Einrücken zu vermeiden, den ultimativen Schlachten auszukommen, während andere rasch die Spuren ihrer letzten sieben Jahre zu verwischen suchen. Das Kriegsende naht. Aber die Gewaltherrschaft des Nationalsozialismus ist nicht minder schwach, im Gegenteil, sie jagt wie eine Besessene durch das Land. Sie jagt alle, die sich dem Wahnsinn widersetzen möchten, alle, die seine krankhaften Regeln nicht – mehr – erfüllen.

Apollonia stand noch immer und rührte sich nicht. Die kalte Luft tat ihr gut. Sie kühlte ihre fieberhaften, sich überstürzenden Gedanken. „Ich bin schwanger", flüsterte sie. Unwillkürlich huschte ein Lächeln über ihr Gesicht. „Schwanger." Zugleich fröstelte sie, ihr schauderte. Sie berührte ihren Bauch mit beiden Händen. „Alt genug wäre ich ja", dachte sie bitter: „29 – ein gutes Alter um ein Kind zu bekommen", überlegte sie wieder rationaler. Sie schmunzelte. „Ein kleiner Franzose …", sinnierte sie zärtlich. Schwanger. Von einem Kriegsgefangenem. Von Marcel. Von einem Franzosen. Von einem gefangenen Franzosen. Schwanger. „Nein, unmöglich, es darf nicht sein! Viel zu gefährlich. Niemand darf es erfahren. Unmöglich. Unmöglich. Unmöglich.", wiederholte sie kopfschüttelnd und eilte wieder zurück ins Haus.

In den folgenden Tagen schlich Apollonia wie ein geschlagenes Tier durch die Zimmer ihres Elternhauses. Sie hatte keine Idee, wie sie mit ihrer Schwangerschaft umgehen sollte. Wegmachen? Die Wahrheit sagen? Ihm? Ihrer Familie? Nichts tun und hoffen, dass es niemandem auffiele? Eine lächerliche Hoffnung, das wusste sie. Dennoch klammerte sie sich an die Illusion, niemand würde es bemerken und die Schwangerschaft könnte sich in Luft auflösen … Oder wollte sie das Kind, wollte sie guter Hoffnung sein und Mutter werden? War das nicht ihr eigentlichster Herzenswunsch?!

Ihre Schwangerschaft blieb nicht lange unbemerkt. Eines Nachmittags, nachdem Vater von seiner Aufsichtsrunde um den Block nach Hause gekommen war, zitierte er Apollonia zu sich in die Stube. Mutter lauschte an der Tür. So aufgeregt und geladen wie er war, ging es offensichtlich um etwas Bedeutendes. Er sprach mit gepresster Stimme:
„Ich habe gehört, du hattest verbotenen Umgang?" Er wartete ihre Antwort gar nicht erst ab, sondern polterte weiter:
„Das muss ich mir von der Nachbarin sagen lassen, das ist ja ungeheuerlich!"
„Psst", flüsterte Apollonia und sah sich vorsichtig um: „Psst!"
Der Vater zischte mit zusammengebissenen Zähnen:
„Hast du denn auch nur die geringste Ahnung was passiert, wenn man sich den Rassengesetzen widersetzt? Bei den Polen und Russen bedeutet das Gestapo und Hinrichtung. Bei den Franzosen Zucht-

haus!" Nun schlug er mit der Hand auf den Tisch. Nur mit allergrößter Mühe konnte er seine Stimme senken: „Zuchthaus! Für ihn und für dich! Oder sie scheren dir die Haare und lassen dich mit einem Schild durch die Stadt laufen: ›Ich ehrlose Frau habe mich mit Kriegsgefangenen eingelassen‹ Willst du das? Hast du denn überhaupt keinen Genierer? Schämst du dich nicht? Und was wäre, wenn du schwanger würdest?"

Apollonia sah ihn unverwandt an, Tränen füllten ihre Augen. Der Vater setzte sich:
„Oh Gott nein. Das ist nicht wahr."
„Doch."
Lange Zeit verloren beide kein Wort und stierten vor sich auf den Tisch. Mutter war lauschend vor der Tür gestanden, sie hatte alles gehört. Blass vor Schreck stürzte sie herein. Sie ergriff Apollonia an den Schultern und schüttelte sie:
„Ist das wahr?!", fragte sie noch einmal: „Ist das wahr?"
Apollonia nickte.
„Oh, mein Gott!"
Alle schwiegen betroffen.
„Was weiß die Nachbarin?", erkundigte sich die Mutter, die sich als erste wieder gefasst hatte und nach einer Lösung suchte.
„Sie weiß, dass Apollonia manchmal Feuer von ihm annahm – mehr weiß sie, glaube ich, nicht. Ich habe ihr dafür kein Geld für die Winterhilfe abgeknöpft. Außerdem weiß ich, dass sie Fremdsender hört. Ich nehme an, von ihr haben wir nichts zu befürchten.", erklärte der Vater.
Apollonia, die wie versteinert zugehört hatte, war nun ganz ruhig und erklärte:
„Ihr braucht euch nicht um mich kümmern, ich regle das. Ich mache es weg."
Mama riss ihre Augen auf. Vater schüttelte das Haupt. Auch diese Entscheidung wäre gefährlich, auch das könne man nur heimlich veranlassen und auch dafür gäbe es harte Strafen, ganz abgesehen

von den gesundheitlichen Risiken! Abtreibung war verboten, es sei denn der Schwangerschaftsabbruch wurde von den Nazis verordnet – gegen den Willen der Mütter. Wenn das Kind fremdvölkisch, behindert oder aus anderem Grund für die Rasse unerwünscht war, zeigte sich das Regime nicht zimperlich. Zwangsabtreibung und Zwangssterilisation waren an der Tagesordnung. Auch vor Mord an geborenen Kindern schreckte es nicht zurück – und das alles in ungeheuren Ausmaßen. Die Weiningers konnten diese Schrecken nur erahnen. Allein Franz wusste Bescheid.

Aber eine Schwangerschaft geheim abzubrechen war sehr gefährlich. Embryonen wurden mithilfe medizinisch dilettantischer und dubioser Verfahren getötet. Man erzählte sich von Injektionen aus einer Mixtur verschiedener Gifte oder von Stromschlägen, Verschnürungen oder brutalen Schlägen gegen den Bauch.

Apollonia sah keinen anderen Ausweg. Sie konnte die Schwangerschaft nicht verheimlichen. Man würde Fragen stellen … Oder könnte ihre Beziehung Zukunft haben? Wenn der Krieg bald vorbei wäre? Wenn Marcel tatsächlich bei ihr bliebe? Wenn sie eine kleine Familie gründen würden? Ihre Sehnsucht wuchs. Doch bei nüchterner Betrachtung hatten sie keine Chance. Niemand wusste, wie lange dieser Krieg noch dauern würde und bis dahin waren sie alle in großer Gefahr. Apollonia schluchzte. Sie fühlte sich in der Falle. Würde sie das Kind austragen, würde es ihr weggenommen werden. Niemand würde die Beziehung zwischen ihr und Marcel anerkennen. Und was würde mit dem Kind geschehen? Und mit ihr? Und mit Marcel? Kalte Angst ergriff sie. Ihre Hände umklammerten ihren Bauch. „Ach Kind was soll ich nur tun?" „Lasst uns schlafen gehen. Morgen reden wir weiter!" Der Vater sorgte für Ruhe und kühlte die aufgeregte Stimmung.

An diesem Abend versuchte Apollonia nach langer Zeit wieder einmal zu beten: „Herrgott, meinen Max hast du nicht beschützt. Aber wenn es dich gibt, so hilf mir jetzt! Bitte!" Apollonia konnte sich nicht beruhigen, an Einschlafen war nicht zu denken. „Was soll ich tun? Was soll ich tun?" Widersprüchliche Gedanken rasten durch ihren Kopf, doch keiner war zu gebrauchen. Sie fand keinen Ausweg.

> *Nachdem sie endlich eingenickt war, träumte ihr, sie halte ihr Neugeborenes im Arm und befände sich in einem dunklen Wald. Offensichtlich hatte sie sich verirrt. Sie suchte fieberhaft nach einem Ausgang. Plötzlich erblickte sie den „König mit Kron' und Schweif": Bilder und Wortfetzen aus Goethes Ballade vom Erlkönig tauchten auf. Sie sah sich selbst durch die Nacht irren, ihr Kind fest an sich drückend, es vor Fängen aus Nebelstreifen schützend. Lange Weidenzweige, die sich zu langgliedrigen Fingern formten und ihr das Kind wegnehmen wollten, versetzten sie in Panik. Es fühlte sich schauderhaft an. Sie wollte schreien. Umsonst. Kein Laut kam aus ihrem offenen Mund. Sie wollte laufen. Umsonst. Ihre Beine bewegten sich nicht. Die Stimmen des düsteren Ortes wurden immer eindringlicher, bedrohlicher, lauter: „Und bist du nicht willig, so brauch ich Gewalt!"*

Apollonia erwachte schweißgebadet. Kalte Angst ließ sie erzittern. Langsam versuchte sie ihre verwirrten Gedanken zu ordnen und den Traum zu rekonstruieren. „Alle greifen nach meinem Kind. Ich habe keine Chance. Es ist Schicksal", dachte sie sorgenvoll. „Ich muss es tun!" „Willst du mich töten?!", schien es aus ihrem Unterleib zu schreien. Apollonia schüttelte ihren Kopf und flüsterte verzweifelt: „Ich will dich nicht hören. Still!" Dann schloss sie innerlich eine Türe, verbarrikadierte sie mit Vernunft, griff nach ihrer Schlafmedizin und schlief tatsächlich ein.

Am nächsten Morgen stand Apollonias Entschluss fest. Sie würde ihr Kind dem Erlkönig, den Händen einer Engelmacherin, dem Tod überlassen – er würde es ja ohnehin an sich reißen, war sie sicher.

Sie wusste auch schon, wen sie zu diesem Zweck kontaktieren musste. Von Martha hatte sie einmal gehört, dass ihre Mutter eine Bekannte hätte, die wüsste jemanden, die schon bei dieser alten Engelmacherin gewesen wäre. „Aber es kostet. Und es ist nicht angenehm. Es tut angeblich sehr weh!“, warnte Martha, als sie ihr die Adresse der „Huaberin“ in die Hand drückte: „Pass auf dich auf! Wenn du willst, begleite ich dich!“

Apollonia schickte ihren kleinen Bruder, den mittlerweile neunjährigen Walter, mit einem Brief in das kleine Dorf zum Haus der Huaberin. Eine alte mürrische Frau nahm den Brief entgegen, schrieb ebenfalls eine Nachricht auf einen Zettel und schickte Walter damit wieder nach Hause. Apollonia hatte einen Termin. In drei Wochen sollte sie kommen.

„Was willst du denn bei dieser alten Hexe?“, fragte Walter.

„Wieso Hexe?“, fragte seine Schwester irritiert zurück.

„Die schaut so böse aus und außerdem stinkt sie!“

Apollonia wurde mit jedem Tag nervöser. Für ihren Bruder hatte sie eine flüchtige Notlüge parat:

„Ach, ich muss ihr nur was nähen …“, murmelte sie.

Die folgenden Wochen konnte Apollonia kaum denken, essen, trinken. Die Routine der täglichen Arbeit tat ihr gut, aber die Nächte waren schlimm: „Es ist vernünftig. Es ist richtig. Wir hätten keine Chance. Es gibt keine andere Lösung. Ich muss es tun. Es ist vernünftig. Es ist richtig. Wir hätten keine Chance. Es gibt keine andere Lösung. Ich muss es tun. Es ist ver…“ Wie ein Mantra wiederholte sie die Sätze, um ihre Zweifel und ihre Angst zu beherrschen. Noch immer hatte Marcel keine Ahnung. Und ihre Familie ergab sich dem Willen Apollonias – wenn auch voller Sorge und Furcht.

„Und das Kind erbarmt dir gar nicht?“, fragte ihre Mutter.

„Nein, daran denke ich nicht.“, entgegnete Apollonia, die nun keine Einwände mehr duldete. Sie wusste, sie würde diesen Weg nur gehen können, wenn sie jedes Gefühl für ihr Kind unterband.

Als der Tag des vereinbarten Termins kam, nahm Apollonia Marthas Angebot gerne an, war sie doch ihre engste Vertraute, mit der sie all ihre Geheimnisse teilte und eine Hand, die die ihre hält, würde sie bestimmt brauchen. Die Angst war Apollonia ins Gesicht geschrieben, als sie sich an einem kühlen Morgen im März auf den Weg machten. Die Huaberin wohnte in einem alten steinernen Haus. Allein. Nur ein alter Köter machte bellend auf den Besuch aufmerksam. Als sie eintraten, rochen sie den strengen Geruch eines Menschen, der auf Hygiene wenig Wert legt oder schon einen eingeschränkten Geruchssinn hat. Beides traf zu. „Um wen geht's?“, fragte die alte Frau ohne jede Freundlichkeit. Apollonia trat vor. Die Huaberin musterte sie abschätzig, deutete ihr, sich auf den Tisch zu legen und ihren Rock zu heben. Dann holte sie eine große Injektionsnadel aus der Lade, füllte sie mit einer Flüssigkeit aus einem dunklen Glasbehälter und näherte sich. Unwillkürlich schloss Apollonia ihre Schenkel um das Eindringen der Injektionsnadel zu verhindern. Die alte Frau sah ihr nur abwartend ins Gesicht bis Apollonia langsam wieder ihre Beine auseinander klappte um den Weg freizumachen. Die Nadel drang in ihre Scheide. Dabei verletzte die Frau einige Male das innere Gewebe bis sie endlich die Gebärmutter erreicht zu haben schien. Am vermeintlich richtigen Punkt angekommen, drückte sie das Gift aus der Spritze. Apollonia wurde augenblicklich übel und erbrach sich auf den Boden. Die Alte schüttelte den Kopf und ließ ihren Hund das Erbrochene auflecken. Dann meinte sie: „In ein paar Stunden ist alles vorbei.“ Apollonia stand unter Schock und zitterte am ganzen Leib. Martha bedankte sich, reichte ihr die vereinbarte Entlohnung und half ihrer Freundin auf die Beine.

Der Weg mit dem Bus nach Hause und die folgenden Stunden erlebte Apollonia wie einen weiteren Alptraum. Ungeheure Schmerzen und Übelkeit quälten sie. Auch am nächsten Tag fühlte sie sich krank, fieberte und der Tag darauf brachte ebenfalls keine Erleichterung. „Wenn wir nichts tun, stirbt sie!“, rief die Mutter aufgeregt, nachdem sie nach jeder Kundschaft an das Bett ihrer Tochter gelaufen kam. Die einquartierte Berlinerin beobachtete sie und raunte Maria zu: „Ich hab‘s gezählt. 60-mal ist sie heute schon hochgelaufen! Was ist denn los?“ Maria zuckte nur mit den Schultern und eilte an ihr vorbei. „Sich nur nicht verplappern!“, dachte sie sorgenvoll.

Nachdem Apollonias Zustand immer bedrohlicher wurde, rief der Vater schließlich die Rettung und so wurde Apollonia einmal mehr in das Krankenhaus gefahren. „Fieber und Bauchschmerzen!“, teilte er dem Sanitäter mit. Im Krankenhaus stellte man eine Vergiftung des Darmes fest und man musste in einer Notoperation ein weiteres Stück des Dünndarmes entfernen. Als sie wieder aufwachte, sagte der Arzt: „Das war knapp! Und Gratulation Frau Weininger. Sie sind schwanger!“

Der Tod ihres Kindes war nicht eingetreten. Die „Huaberin“ hatte sich vertan und das Gift nicht richtig platziert. Apollonia lebte, ihr Kind lebte – war es Schicksal? Apollonia begann es anzunehmen und langsam wuchs Freude in ihr, obwohl es eine schwierige Schwangerschaft werden sollte und Apollonia noch viele Wochen am missglückten Abtreibungsversuch und der folgenden Notoperation laborierte. Einen weiteren Abtreibungsversuch wollte sie nicht mehr auf sich nehmen. „Das schaffe ich nicht mehr!“, schluchzte sie zuhause, den Kopf auf Mutters Schoß.

Mutter streichelte ihrer Tochter über den Kopf, beruhigte sie und sprach ihr gut zu: „Jetzt kann uns nur noch der Franzl helfen.“ Nachdem sich die schwangere Frau wieder einigermaßen erholt hatte, reiste sie mit ihrer Mutter nach Ried, wo der aus Polen heimgekehrte Bruder wohnte.

Franz war seit Herbst 1944 wieder in der österreichischen Heimat. Die Deutschen wurden von den Russen aus dem polnischen Lublin vertrieben, wie er sagte. Das Konzentrationslager Majdanek wurde befreit, wie die Russen sagten. Seine Familie fragte nicht nach, wo Franz genau gearbeitet habe, im Lager, bei der Gestapo, in der Verwaltung …? „Beim Sicherheitsdienst", war seine immer wieder kehrende Aussage zu seinen Jahren in Polen. Nun war er wieder zuhause, ein wichtiger SS-Offizier in Ried, der seiner Schwester vielleicht helfen könnte aufgrund seiner Beziehungen.

Franz war zutiefst betroffen.
„Ihr seid verrückt!", schalt er Mutter und Schwester, nachdem ihn die beiden informiert hatten. „Rassenschande! Du weißt gar nicht wie gefährlich das ist! Und Abtreibung – auch das ist illegal! Wie kannst du das nur gutheißen?", wandte er sich vorwurfsvoll an seine Mutter. Er erhob sich, zündete sich eine Zigarette an, holte eine Flasche aus dem Regal und schenkte sich und der Mutter einen Schnaps ein.
„Mir auch bitte!", bat Apollonia tonlos. Sie kippten die beruhigende Flüssigkeit hinunter. Schließlich atmete Franz tief durch und analysierte die Situation:
„Dass ein Franzose der Vater ist, darf nie und nimmer herauskommen.", konstatierte er. „Und dass du abtreiben wolltest, auch nicht."
Apollonia war dankbar, dass sich der große Bruder ernsthaft um sie kümmerte. Durch seine Kenntnisse und seine Entscheidungskraft fühlte sie sich beruhigt. Gespannt hörte sie ihm zu:
„Damit sie dir das Kind nicht wegnehmen, müssen wir uns eine gute Geschichte einfallen lassen. Hm…", überlegte er weiter.
„Der Vater war ein wichtiger Nazi, der nicht genannt werden will?", schlug Mutter vor.
„Nein, das würden sie überprüfen. Ist zu gefährlich!"
„Er war mein Verlobter, der im Krieg gefallen ist?", fragte Apollonia, obgleich sie wusste, dass Max dafür nicht mehr in Frage kam.

Er war schon zu lange tot. Aber der Vorschlag brachte Franz auf eine Idee:
„Ja, so ginge es am ehesten. Wir erfinden einen Verlobten, der noch im Kriegsdienst ist oder noch besser: bereits gefallen."
„Muss ich einen Namen nennen?"
„Ja und ich sag dir auch welchen. Dazu muss ich morgen ein paar Akten durchschauen."
Franz schenkte ihnen nach und sie nahmen noch einen Schluck. „Aber nie wieder ein Treffen mit dem – äh – Franzosen. Ist das klar?", befahl Franz und blickte Apollonia streng in die Augen. Sie aber bettelte, einmal müsse sie ihn noch sehen. Ein einziges Mal. Sie wolle ihm die Wahrheit sagen. Hören was er dazu sagen würde. Sehen wie er darauf reagieren würde. Sie müsse einfach wissen, ob er für sie und ihr Kind da sein würde! Doch Franz blieb hart: „Nein, auf keinen Fall!"

Sie tat es doch. Sie veranlasste Martha, noch einmal ein Taschentuch im Vorbeigehen bei Marcel fallen zu lassen, auf welchem sie ihm die Botschaft überbrachte: „Komm heute Mitternacht. Ich habe dir etwas Wichtiges zu sagen." Marcel schlich sich wie gewohnt in ihre Kammer, froh endlich wieder von seiner Geliebten zu hören. Die Nachricht von ihrer Schwangerschaft überraschte ihn sehr, aber er schien glücklich: „Wenn Krieg vorbei – isch werde eimfahren, alles klar maschen und wiederkommen!", versprach er. Sein Abschiedskuss war lang und zärtlich und er wiederholte: „Isch komme wieder!" Dann schlich er wieder aus dem Haus. Frau Thiele aber hatte etwas gehört: Schritte aus Apollonias Zimmer, Flüstern. Sie lächelte siegessicher: „Du freche Göre, jetzt kriegste was zu hören!", dachte die Frau, die sich schon immer über die unfreundliche junge Tochter des Hauses geärgert hatte, die sie damals sogar aus dem Zimmer geschickt hatte, als sie ihr helfend beistehen wollte. Ihr Racheplan war bereits geschmiedet: Eine Anzeige bei der Gestapo.

Tags darauf schaute Franz in seinem Elternhaus vorbei und nannte Apollonia und seinen Eltern den Namen eines Rieder Soldaten, der erst kürzlich gefallen war. Er war ihnen unbekannt, aber Alter und Zeit der Zeugung passten – zu Weihnachten hatte er Fronturlaub und im Februar 1945 war er gefallen. Doch von seinem Tod sollte Apollonia offiziell noch nichts wissen. Die Familie prägte sich Name und Fakten ein und harrte der Dinge, die da kommen würden.

Und sie folgten auf den Fuß. Kaum hatte Franz seine Familie verlassen und sich wieder auf den Weg nach Ried gemacht, klopfte es laut an der Tür. Es war bereits später Abend und die Weiningers wunderten sich, wer sie um diese Zeit noch besuchen käme. Mutter schaute aus dem Fenster und erschrak. „Gestapo!", flüsterte sie ihrem Mann zu. Dieser legte seinen Tschibok in den Aschenbecher und machte sich auf den Weg zur Haustüre. Vorher drehte er sich noch einmal um, nahm seinen Jüngsten an der Schulter und zischte: „Du weißt von nix! Ist das klar!" Inzwischen klopften sie erneut: „Herr Weininger, öffnen Sie die Türe!"

Alle waren leichenblass und starr vor Schreck. Gedankenfetzen wirbelten durch ihre Köpfe: Warum sind sie da? „Ja, wir haben in letzter Zeit Feindsender gehört, ein paar blöde Nazi-Witze hab' ich auch weitererzählt und ja, manchmal haben wir ein paar Semmerl mehr hergegeben als die Lebensmittelkarten erlaubt hätten … Oder kommen sie doch wegen Apollonia. Hat jemand ihren Liebhaber gesehen? Das wäre die schlimmste Variante. Und das könnte nur von der Frau Thiele kommen …" Innerhalb von Sekundenbruchteilen sondierte Herr Weininger die Möglichkeiten, bevor er tief durchatmete und dann betont gelassen die Tür öffnete. Er kannte die Männer und versuchte ruhig zu bleiben, was ihm – zumindest äußerlich – auch gelang und bat sie herein. Langsam stopfte er seinen Tschibok, bot den Männern Schnaps an und fragte schließlich nach ihrem Begehr. „Wir haben ein paar Fragen! An jeden von euch, aber lasst uns einmal mit dem Pimpf da beginnen – allein!“, befahl einer der Männer und zeigte mit dem Finger auf Walter. Innerlich erstarrten alle, Mutter strich dem Buben über den Kopf, nickte ihm zu und verließ mit den anderen den Raum.

„Na, wie heißt’ denn?“, fragte einer der Gestapo-Männer freundlich.
„Walter.“
„Und freust di schon auf die Hitlerjugend?“
„Ja.“
„A fesche Schwester hast!“
„Zwei.“
„Ja sicher zwei“, lenkte der Frager grinsend ein und fuhr fort: „Die fesche Apollonia mein ich. Sag, hat die öfter Besuch?“
„Ja von der Martha.“
„Aha, und sonst?“
„Die Anna kommt auch manchmal.“
„Und sonst?“
„Ähh, meinen’s den Franz, meinen Onkel, der kommt auch manchmal!“
„Nein, den mein‘ ich nicht! Ich mein‘, obs an Freund hat, dei Schwester, so fesch wie sie ist!“
„Na an Freund hats nicht mehr. Der Max war des, aber der is schon gefallen.“
„Und sonst?“
„Wie und sonst?“
„Sonst kommt doch sicher am Abend manchmal ein Mann zu euch, oder? Ein Franzose, hab‘ ich gehört. Er soll recht nett sein. Reden soll er ein bisserl komisch, ist dir das auch aufgfallen?“
„Ich kenn keinen Franzosen.“
„Aaaaso. Du kennst also keinen Franzosen. Und der bei euch im Nachbarhof, ist das kein Franzose?“
Mit diesen Worten erhob der Frager die Stimme und trat ganz nah an Walter heran. Der dachte an seinen Vater, der ihm noch eingetrich-

tert hatte, von nichts zu wissen. Walter konzentrierte sich auf das kreisrunde Muttermal des Mannes unter seinem rechten Auge. Er starrte es an und wartete ab. Die Spannung wuchs. Der Mann starrte dem Jungen in die Augen und wartete. Walter rührte sich nicht.
„Ob das kein Franzose ist?"
„Weiß ich nicht. Mit denen red' ich nicht.", antwortete er und blieb stramm stehen, fest auf das Muttermal konzentriert: „Rund wie ein Korianderkorn", spekulierte er, „und fast so dunkel … Ob das juckt? Vielleicht könnte man das einfach wegkratzen … Bleibt dann ein Loch …?"
Plötzlich schien es dem Gestapo-Mann zu anstrengend zu werden, er wandte sich ab und sagte: „Hol deine Schwester Maria rein!"
Walter drehte sich am Stand um und war schon bei der Türe draußen. Im Nebenraum warteten alle gespannt und blickten ihn fragend an. Er schüttelte den Kopf und sagte: „Die Maria soll jetzt rein!" Während Maria zur Tür schlich, fing sie noch den flehenden Blick ihrer Schwester auf. Maria gab ihr mit einem Wimpernschlag zu verstehen: Du kannst dich auf mich verlassen.

Während Maria verhört wurde, erzählte Walter flüsternd, wie es gelaufen war. „Du bist großartig, weißt du das?", raunte Apollonia gerührt und schloss ihn in die Arme. „Ja großartig, wunderbar!" Auch Vater und Mutter waren erleichtert und stolz auf ihren Sohn. Er hatte sich tapfer geschlagen, ganz tapfer. Die gefährlichste Phase – das Verhör eines Kindes – war vorüber, nun kamen die Erwachsenen dran. Die aber wussten was zu sagen war und verrieten sich nicht. Apollonia offenbarte den Gestapo-Männern das Geheimnis vom Frontsoldaten aus Ried. Sie dürfe keine Namen nennen, es sei noch geheim, nicht einmal die Familie wüsste es, aber sie liebe ihn sehr und bald würden sie heiraten! Ein Franzose? Aber nein! Ihr Heimweg führe halt an ihrem Hof vorbei, aber sie kenne niemanden, wirklich nicht! Und in der Nacht? Ich laut?
„Naja, wissen Sie, ich habe eine Darmkrankheit. Sie wollen nicht wissen, wie schlecht es mir in der Nacht oft geht. Auf jeden Fall

muss ich oft auf – naja Sie wissen schon …" Die Männer sahen sich an und schlossen die Befragung seufzend ab.
„Na gut, dann lassen wir's halt gut sein!"

Der alte Weininger verstand es, die Polizisten durch ein paar Scherze, bewundernde Worte für ihre anstrengende Arbeit und einen weiteren Schnaps oder zwei zu beruhigen und von der Wichtigkeit ihres Vorhabens abzulenken. Es wurde noch ein langer Abend mit viel Alkohol, aber außer einem furchtbaren Kater für alle Beteiligten, hatte die Episode keine Konsequenzen.

Mittlerweile war Ostern vorüber. Apollonia konnte wieder zur Arbeit gehen und langsam begann ein Bauch sichtbar zu werden. Wenn sie gefragt wurde, erzählte sie sehr überzeugend von ihrer Liebesgeschichte zu dem Soldaten aus Ried. Apollonia war nicht auf den Mund gefallen. Sie wusste sofort Antworten auf skeptische Fragen, die sie umgehend mit ihrer Familie abgleichen musste.

In der Kleinstadt kamen Gerüchte in Umlauf. Man sprach vom „Lotterleben" der Apollonia Weininger und von möglichen Vätern ihres ungeborenen Kindes. Man zählte einige auf und auch ein Franzose könnte es sein, säuselte der Geschäftsmann mit Einfluss – Apollonias Ex-Liebhaber – schadenfroh, nachdem er nachgerechnet hatte, dass er als Vater nicht in Frage kommen konnte.

Nun war es an Franz für einen klaren Schnitt zu sorgen und den Gerüchten ein Ende zu bereiten. Er musste Apollonia und ihrem Kind eine Zukunft ermöglichen. Eines Tages wurde er in die Parteizentrale zitiert und aufgefordert, zu den familiären „Ungereimtheiten bezüglich seiner Schwester" Stellung zu beziehen. Auf die Frage nach dem Vater, log er, dass ein Soldat Apollonias Verlobter sei.
„Wir haben da etwas ganz anderes gehört!", monierte ein Kollege: „Von den Franzosen soll es einen geben, der ihr ganz besonders gerne nachschaut!"

„Das mag schon sein.", konterte Franz: „Aber mit denen hatte Apollonia nie etwas zu tun."
Einen Augenblick lang herrschte Stille. Franz wusste genau, dass man ihm nicht glaubte. Alles war möglich. Franz verzog keine Miene.
„Ihr Ehrenwort?", fragte der Parteigenosse giftig.
„Mein Ehrenwort."
Das gelogene Ehrenwort hielt vor der Partei. Die hatte gerade wichtigere Probleme zu lösen. Die Alliierten kamen immer näher. Weder Gestapo noch Justiz kümmerten sich weiter um den Fall Apollonia Weininger. Allerdings, schränkten sie ein, zur Geburt des Kindes müsse sie in ein Lebensborn-Heim, um die Vaterschaft abzuklären. Sollte der Rieder nicht der Vater sein, müsse sie als ledige Mutter das deutsche Kind nach deutschen Richtlinien aufziehen lassen. Und dazu bräuchte sie Hilfe durch Lebensborn …, fügte der Parteigenosse süffisant hinzu.

Franz überbrachte seiner Schwester die gute und die schlechte Nachricht. Wie ein Blitzschlag traf Apollonia die Vorstellung, in einem Heim leben zu müssen. Ein Heim, in dem Erzieherinnen die nationalsozialistische Erziehung ihres Babys übernehmen würden, in dem sie als Mutter nur Befehlsempfängerin wäre, in dem „sie" – die SS – jederzeit Zugriff auf ihr Kind hätten. Die Perspektive ängstigte sie zutiefst. „Weißt du, das Eis ist sehr dünn.", erklärte Franz nachdrücklich: „Du darfst jetzt keine Fehler mehr machen, nicht mehr auffallen und musst alles tun, was sie von dir verlangen!" Apollonia beruhigten seine Worte keineswegs, doch zunächst war sie dankbar für die Bürgschaft ihres großen Bruders und hoffte, dass sich die Dinge fügen mögen. Vielleicht sogar durch das Ende des Krieges.

Ein Ende, das von den meisten bereits geahnt und von vielen herbeigesehnt wurde – doch von wenigen fanatischen Nazigrößen ganz und gar nicht gesehen werden wollte. Der Volkssturm, zusammengesetzt aus alten Männern und jungen Burschen, die sich noch in der Heimat aufhielten, sollte den nahenden Feind kraftvoll zurückschlagen, wie es der Begriff Volks-Sturm zu suggerieren versuchte. Manch ein Hitlerjunge freute sich über diese wichtige Aufgabe. Doch vielen machte der Befehl nur Angst. Einige flohen, wieder andere versteckten sich. In der Kleinstadt erzählte man sich gar von jungen Burschen oder alten Männern, die – zur Abschreckung aller – als Kriegsverweigerer auf Bäumen aufgeknüpft hingen mit Schildern um den Hals, die ihre sogenannte Feigheit anprangerten. Es waren nicht mehr viele, die einfach nicht aufgeben wollten. Doch der Fanatismus dieser wenigen sollte noch viel Unheil anrichten.

Der bis zum Sommer des Vorjahres von Bomben verschonte Gau Oberdonau, war nun auch der Gefahr von oben ausgesetzt. Zunächst fielen erste Bomben der alliierten Streitkräfte auf die großen Städte, Linz, Wels und Steyr. Und im Frühjahr 1945 kam der Angriffskrieg auch in die Kleinstadt: Fliegerangriffe und Fliegeralarm waren plötzlich an der Tagesordnung und versetzten die Bevölkerung in Angst und Schrecken – blieb doch die oberösterreichische Bevölkerung während der Kriegsjahre zuvor verschont von sogenannten „feindlichen Angriffen“.

Apollonia wollte nicht in den Luftschutzkeller, sie wollte nicht aus ihrem Bett. Sie fühlte sich häufig elend und krank. Während Familie und Belegschaft des Hauses Weininger in die Schutzräume unter der Brauerei eilten, blieb Frau Weininger bei ihrer Tochter. Für Apollonia war es selbstverständlich. Mutter war immer für sie da. Und das Brot wurde auch gerettet – sollte es denn im Backofen verbrennen? Bisher hatten sie Glück mit dieser Strategie.

Als sich Apollonia langsam erholt hatte und wieder spazieren gehen und später auch zur Arbeit gehen konnte, versuchte sie wieder Kontakt zum Kindesvater, zu Marcel, aufzunehmen. Doch sie bekam ihn nicht mehr zu Gesicht. Allzu auffällig durfte sie den Hof ja nicht nach ihm absuchen. Deshalb schickte sie ihren kleinen Bruder. Er sollte herumstreunen, auf den Zwetschkenbaum im Hof klettern und unauffällig nach Marcel Ausschau halten, doch auch Walter erspähte ihn nicht unter den anderen Kriegsgefangenen. War er schon weg oder wollte er Apollonia nicht mehr sehen? Hatte er Angst? Apollonia wusste es nicht und war verzweifelt. Erst nach dem Krieg sollte sie von Franz erfahren, dass er in einen anderen Ort versetzt worden war – eine Vorsichtsmaßnahme ihres mächtigen Bruders.

Vater und Bruder hingen indes ganz anderen Gedanken nach. Sie waren in Sorge. Das Leben und Handeln der letzten Jahre könnte ihnen zum Nachteil gereichen, fürchteten sie. So tuschelten sie, wie sie wohl ihre jüngste Vergangenheit verheimlichen könnten.
Für den Blockwart schien alles nicht so schlimm:
„Ich habe ja nur meine Pflicht getan!“, meinte er.
Aber in Franz kroch die Angst hoch: „Ich auch, Vater, aber diese Pflicht hat halt nicht jedem gefallen!“, flüsterte er.
In diesem Augenblick kam Frau Thiele zur Tür herein und die beiden wandten sich wieder alltäglichen Themen zu:
„Vom Schwarzbrot müssen wir mehr backen. Durch die Flüchtlinge in der Stadt ist uns gestern das Brot ausgegangen!“, berichtete der Vater und griff nach seinem Tschibok. Dabei setzte er eine belanglose Miene auf und reichte der Berlinerin eine Tasse: „Auch einen Malzkaffee?“
„Nee, danke“ sagte diese und rauschte aus der Küche. Die beiden Männer blickten sich betroffen an. Hat sie etwas gehört? Noch in diesen Tagen konnten die Überlegungen der beiden schreckliche Folgen haben: Wehrkraftzersetzung oder Hochverrat. Franz fuhr wieder nach Ried in seine Wohnung in der Kellergasse. Mit Bedacht und Schläue versuchte er in den folgenden Tagen und Wochen seinen Namen aus den bereits verübten und den noch folgenden Schandtaten herauszuhalten und vernichtete Akten, sodass man ihm später nichts bis wenig würde nachweisen können.

Während Walter, der kleine Bruder, den beginnenden Frühling genoss – umso mehr, als seine Klasse bereits Ferien hatte – versuchte Apollonia ihr Schicksal irgendwie in den Griff zu bekommen. Wenn ihre Mutter sie zum Bauern in das benachbarte Dorf schickte um Eier zu holen, hatte sie Zeit nachzudenken. Sie analysierte ihre Situation: „Ich bin schwanger. Du kleiner Zwerg lässt dich nicht vertreiben. Du willst bleiben … unbedingt offensichtlich!“ Unwillkürlich wanderte ihre freie Hand zu ihrem Bauch und streichelte zärtlich die Wölbung. „Dein Vater, mein liebes Kind, ist französischer Kriegsgefangener. Das ist im Augenblick keine gute Situation. Niemand darf es wissen, also die Nazis dürfen es nicht wissen.“, erklärte sie halblaut. Zum Glück, so spekulierte sie weiter, hielt die Familie dicht. Nicht einmal die Gestapo konnte unsere Verschwiegenheit brechen, sinnierte sie nicht ohne Stolz. Bald würde es wohl vorbei sein mit dem Nationalsozialismus. „Hat auch sein Gutes, dann kann dein Vater sich zu uns bekennen!“, murmelte Apollonia hoffnungsvoll. Hoffnungsvoll, dass sich der Vater des heranwachsenden Babys spätestens nach dem Krieg melden würde. Hoffnungsvoll, dass sie eine Familie gründen würden. „Das Schlimmste ist vorbei!“, redete sie sich selbst und ihrem Ungeborenen gut zu. Dass Vater und Bruder mithilfe ihrer NS-Funktionen Schlimmeres verhindert hatten, war ihr klar.

Nachdem Apollonia den Korb Eier entgegengenommen hatte, hielt sie ein Pläuschchen mit der Bäuerin:

„Hab’ gehört, du bist guter Hoffnung?“

„Ja, hoffentlich kommt er gut heim – der Vater!“, antwortete Apollonia mit ihrer ihr eigenen Schauspielkunst.

Die Bäuerin klopfte ihr auf die Schulter und meinte: „Wünsch dir alles Gute, gell!“, und schob sie gleichsam aus der Hoftür raus. War sie in Eile? Hatte sie einen Verdacht? Oder wollte sie sich mit den Weiningers, den Nazis, auf nichts Weiteres einlassen? Apollonia beschloss, sich nicht den Kopf zu zerbrechen – sie hatte genug zu denken. Sie grüßte höflich und machte sich auf den Heimweg. Die zarten Farben des Frühlings, die laue Luft, das erwachende Grün, brachten wieder Saiten des Glücks in ihr zum Erklingen und sie summte leise vor sich hin: „Frühling lässt sein blaues Band …" Unwillkürlich kam ihr Max in den Sinn. Max, der irgendwo in der Nähe Moskaus, in einem ihr völlig unbekannten Ort, in Borodino, gefallen war, der ihr so schöne Briefe geschrieben hatte, der ihr noch einmal im Traum erschienen war und – dieses Bild tauchte jäh in ihr auf – mit dem sie so harmonisch singen und musizieren konnte. Die Forelle …, klares Bächlein, trübes Bächlein … ja sehr trüb war nun alles geworden, dachte sie, sehr trüb. Traurigkeit erfasste sie wieder. „Was für eine trübe Zeit. Wer kann schon noch klar denken? Wer hat in diesem trüben Wasser den Feind erkennen können?", fragte sie sich plötzlich und wunderte sich selbst über diese Gedanken. „Hättest du denn sterben müssen Max, wenn wir diesem Hitler nicht so nachgelaufen wären? Wer war unser Feind, die Franzosen etwa? Marcel …?! Ach was. Aus. Weg mit diesen Spekulationen. Ich muss mich auf etwas ganz anderes konzentrieren. Auf dich, mein Kind. Wir beide müssen jetzt zusammen helfen. Wir müssen neu beginnen!" Apollonia versuchte sich Mut zuzusprechen.

In diesem Augenblick vernahm sie es. Die Luft schien zu vibrieren. Erst leichtes Brummen, lauter werdend, bis sich das Dröhnen nahender Tiefflieger rund um Apollonia ausbreitete wie ein bösartiger Bienenschwarm. Apollonia blickte prüfend um sich. Sie war gerade mitten am Weg, freie Felder umgaben sie, der Wald war weit entfernt, eine schnelle Flucht unter den Schutz der Bäume unmöglich. Kein Haus, keine rettende Hütte! Sie fühlte sich in der Falle. Mit eingezogenem Kopf starrte sie in den Himmel. Immer lauter, immer gewaltiger dröhnten die Motoren. Die Flieger waren bereits so tief, dass sie die Piloten ausnehmen konnte. Ohne zu denken, stürzte sie sich auf den Boden und rollte sich in den Straßengraben. „Tut uns nichts. Tut uns nichts!", flehte sie die Unbekannten an und hielt sich die Ohren zu. Das Dröhnen schien unerträglich, sie fürchtete um ihr Leben und das Leben ihres ungeborenen Kindes – doch endlich – nach einer gefühlten Ewigkeit – drehten die Flieger ab. Sie taten ihr nichts, auch ihrem Kind nicht. Es fielen keine Schüsse und keine Bomben.

Sie schwirrten an ihr vorüber und waren so schnell weg wie sie gekommen waren.

Apollonia lag lange im Straßengraben und wagte nicht zu atmen. Ihre ganze Muskulatur war in Spannung, ihr Bauch hart, ihre Füße bleiern. Langsam zischte der zurückgehaltene Atem aus ihrer Brust, langsam realisierte sie, dass sie noch lebte, dass sie verschont worden war, langsam begann sie ihre Finger, ihre Hände, ihren Hals zu bewegen, langsam richtete sie sich auf und blickte ängstlich in den Himmel. Ein paar Wolkenfetzen zogen vorbei, sonst war es ruhig. Totenstill. Sie suchte den ganzen Himmel ab, ob sie noch Flugzeuge sehen, Fluggeräusche hören konnte. Stille. Nur die Vögel zwitscherten ihr Frühlingslied ungeachtet all der Pein, die dieser Tage die Welt beherrschte. „Den Vögeln war es egal, den Bienen ebenso und wohl auch all den Ameisen, Marienkäfern, Schmetterlingen und Regenwürmern. Die hatten andere Sorgen. Eine Welt im Krieg, Menschen, die sich abschlachten, sich gegenseitig aufhängen, erschießen oder vergasen. Diese Welt war nicht die Welt der Tiere. Nur Menschen können so grausam sein.“, dachte Apollonia in den Himmel starrend. Der Gedanke an all die Tiere, die jetzt in dem Augenblick mit ihr gemeinsam diese schrecklichen Minuten erlebt hatten, tat ihr gut. Sie fühlte sich ein bisschen weniger allein, obwohl sie wusste, wie irrational dieses Empfinden war. „Ich bin nicht allein … Ihr alle seid da …“ Sie nahm einen Marienkäfer auf und ließ ihn über ihre Hand krabbeln. Nachdem er weggeflogen war, wischte sie sich den kalten Schweiß von der Stirn.

„Nur Menschen können so grausam sein. So grausam wie die Nazis, die mir mein Familienglück zerstören wollen, so grausam wie diese Piloten, die einfach auf uns niederballern …“ Vorsichtig kämpfte sie sich hoch, der Bauch tat weh, die Strümpfe waren zerrissen. Sie suchte nach dem Eierkorb. Er blieb heil.
„Rohe Eier, die heil bleiben, während Tiefflieger uns nach dem Leben trachten …“

Tränen liefen über ihre Wangen, während sie jedes einzelne Ei untersuchte und fast zärtlich zurücklegte – nicht ein schadhaftes Ei war dabei.
„Überlebt. Wir haben alle überlebt!", schluchzte sie auf. Dann wischte sie sich die Hände an ihrem Rock ab, griff nach dem Korb und sagte zu ihrem Bauch: „Nichts wie heim!"

Im März erschütterte eine Bombe die Kleinstadt und zerstörte die Eisenbahnbrücke. Im April wurde noch eingezogen, wer irgend konnte. Im Mai kämpften letzte verzweifelte oder verbissene SS-Soldaten in einigen Gemeinden Oberdonaus gegen die heranrückenden Amerikaner und kamen dabei zu Tode. Später werden ihre Naivität und ihr Fanatismus mit Denkmälern geehrt werden, „Ihre Ehre hieß Treue" – dem Leitspruch der SS „Unsere Ehre heißt Treue" angelehnt – wird an niedergelegten Kränzen stehen und sie werden als Helden posthum gefeiert werden. Später.

Am 4. Mai fuhr der Bürgermeister durch seine Kleinstadt und forderte die Menschen auf, im Sinne der Genfer Konvention auf Kampfmaßnahmen gegen die anrückenden Amerikaner zu verzichten. Am selben Tag wurden alle Kriegsgefangenen frei gelassen. Am selben Tag liefen Apollonia, Maria, Walter und Freundinnen mit vielen neugierigen Bewohnerinnen und Bewohnern der Kleinstadt auf die Straßen, um die Amerikaner zu sehen. Walter hatte das Kommen der Amerikaner als erster entdeckt, als er außerhalb der Stadt am westlichen Ende herumgestreunt war, um mit seinen Freunden auf der Mühlenwiese Frösche zu fangen. Plötzlich hörte er schweres Gerät anrollen. Schon wollte er die Hand zum Hitlergruß erheben und wie er es oft tat: „Drei Liter!" rufen, sich dabei insgeheim riesig über seine unerhört gebliebene Frechheit freuen – als er plötzlich merkte, dass diese Männer andere Uniformen trugen und die Panzer mit einem großen weißen Stern versehen waren – kein Hakenkreuz. So schnell er konnte lief er nach Hause und rief: „Die Ami kommen! Die Ami kommen!"

Die Kleinstadt begrüßte die Amerikaner freundlich, erleichtert, winkend, jubelnd. Endlich. Die Kleinstädter waren froh, dass nun alles vorüber war. Viele zumindest. Diese standen an den Straßenrändern Spalier oder liefen den Panzerfahrzeugen hinterher. Kinder, Frauen, Männer rissen erstaunt ihre Augen auf – noch nie zuvor hatten sie Männer mit schwarzer Hautfarbe gesehen.

Apollonia sah sich um, erkannte – endlich! – die französischen Kollegen ihres Geliebten, aufgeregt fragte sie nach Marcel. Sie schrie ihnen seinen Namen zu: „Marcel Brinoult! – Wo ist er?!" Die Männer versuchten sie offensichtlich zu überhören und antworteten nicht. Nur ein Schulterzucken. Sie gaben vor, sie nicht zu verstehen und eilten davon – ihre Freiheit genießend. Kurze Zeit später werden sie freiwillig mithelfen, die Kleinstadt und ihre Geschäfte vor Plünderern zu beschützen.

Apollonia ließ sich in die Menge gleiten und suchte Marcel. Maria wiederum, die hoffte, ihr Geliebter würde seinen Weg nach Hause unbeschadet überstehen, brach in Tränen aus.
„Sie werden ihn doch nicht gefangen nehmen?!"
„Der wird schon noch kommen!", beruhigte der Vater sie.
Franz versteckte Uniform und Orden.

Die Amerikaner waren da. Und der Friede auch. Der Krieg war vorbei. Endlich. Apollonia war erleichtert. Wenigstens blieb ihr das drohende Schicksal Lebensborn erspart. Und vielleicht würde Marcel sich nun melden, wo immer er auch war! Dann könnten sie gemeinsam ihre Existenz aufbauen, eine Familie gründen und tun, wonach ihnen der Sinn stand. Sie hatte das Gefühl, die Welt stünde ihnen nun offen. Die Euphorie der Menge schwappte auf sie über. Wenn sie sich nur bald über den Weg laufen würden! Ihr Blick tastete die Menschenmenge ab. Wieder einmal jubelten sie. Diesmal nicht für Hitler, sondern für die Befreier – die Amerikaner.

Walter, der nun neunjährig und selbstständig – also ohne Aufsicht seiner Schwestern – durch die Kleinstadt streunte, genoss das Abenteuer der anbrechenden neuen Zeiten. Interessiert beobachtete er die Geschehnisse. Nun waren deutsche Soldaten plötzlich Gefangene und mussten dem Tross der amerikanischen Panzer folgen. Als sie bei einem Platz zu stehen kamen, sah Walter, wie eine Frau aus dem Obergeschoß eines angrenzenden Hauses ein Fenster öffnete und den Gefangenen Brot zuwarf. Ein amerikanischer Offizier befahl ihr, dies zu unterlassen. Sie scherte sich nicht darum und setzte ihr Tun fort. Gespannt beobachteten die Menschen das Geschehen. Es wurde still. Walter spürte die Spannung. Was wird der neue Machthaber nun tun? Wie wird er reagieren? Wird er die Aktion der Frau als Provokation auffassen? Der amerikanische Soldat erhob die Stimme und warnte die Frau: „Stop it! They are n o t hungry!" Die Frau ließ sich aber nicht beirren und warf weiterhin Brotstücke in die Menge der Gefangenen. „Stop it!", rief er noch einmal laut und nachdrücklich. Seine Hand glitt zu seiner Waffe. Ihr schien es egal zu sein. Nun war es mucksmäuschenstill. Alles war möglich … Da wandte sich der Amerikaner ab und befahl dem Tross weiterzugehen und die gefährliche Situation war vorbei. Ein Aufatmen ging durch die Menge.

Wie wird sich die neue Herrschaft ihnen allen gegenüber verhalten? Vater Weininger – ganz pragmatisch – stimmte seine Familie auf wieder einmal neue Zeiten ein und sagte: „Wir sind freundlich und hilfsbereit wie immer und über die vergangenen Jahre wissen wir nichts und reden wir nicht!" Familie Weininger schwieg also. Sehr beharrlich. Vor den Kundschaften, den Nachbarn, der ganzen Stadt, vor den Amerikanern und voreinander ebenso. Was hätten sie auch sagen sollen? Sie hatten nur ihre Pflicht getan. Sie waren stets fleißig, umsichtig und freundlich. Sie hatten alle bürokratischen und sehr mühevollen Aufgaben erledigt, Lebensmittelkarten korrekt abgewickelt, eingeklebt und richtig abgerechnet. Ihre Funktionen erfüllten sie ohne Fanatismus. Sie waren brave Mitläufer. Wenn schon mal jemand bei der

Kreisleitung zu melden war, dann nur, wenn es sein musste … Man wollte doch niemandem etwas zu leide tun … Die Weiningers fühlten sich im Recht. Und Franz? Nun ja, er musste schon mal lästige Befehle ausführen, das müsse man wohl einsehen, aber er sei ein guter Mensch. Er habe nichts gemacht. Sicher nicht. So sprachen sich die Eltern Mut zu.

Die Friedenszeiten brachten viel Arbeit. Unzählige Flüchtlinge und „displaced persons" mussten untergebracht und versorgt werden. Die Stadt hatte zu tun. Neue Strukturen wurden eingerichtet. Neue Leute hatten das Sagen. Die alten Fahnen wurden verbrannt. Neue gab's noch nicht. Erstmal hieß es überleben, möglichst miteinander.

Marias geliebter Mann Alfred kehrte wenige Tage nach Kriegsende heim. Einmal mehr wurde der jüngste Sprössling der Weiningers losgeschickt. Er sollte Alfred an den amerikanischen Posten vorbeilotsen. Beinahe hätte Walter den abgemagerten, erschöpften Kerl in zerlumpter Kleidung nicht erkannt. „Bist du's, Alfred?", fragte er vorsichtig. Er war es. Walter nahm ihn mit zu einem kleinen Steg, der über die Ache führte. Dort wartete bereits Maria. Die beiden fielen sich lachend und weinend in die Arme. Nun war alles gut. Nach harter Kriegszeit kamen sie wieder zusammen. Keine Verwundung. Keine Gefangenschaft. Nur Hunger und Durst nach einer langen und abenteuerlichen Wanderschaft. Alfred konnte dem Krieg entfliehen und hunderte Kilometer von der Front in Dänemark nach Hause wandern, ohne erwischt zu werden. Nun war er hier. Gesund. Voller Liebe. Maria war nun endlich nicht mehr allein mit ihren gemeinsamen Kindern, mit seinen skeptischen Schwestern, mit ihrer eigenen ignoranten Familie, mit ihrer dominanten Schwester – mit all ihren Bürden. Alfred war an ihrer Seite und sorgte gut für seine Frau und seine Kinder. Er begann wieder auf dem neu gegründeten Gemeindeamt in der Lebensmittelbewirtschaftung zu arbeiten. Die Versorgung der Bevölkerung, der Flüchtlinge, durchziehender Soldaten und anderer Menschen auf der Suche nach ihrer Heimat musste organisiert werden und Alfred wusste wie das funktioniert. So hatte er sogleich wieder Arbeit – diesmal halt unter anderer Führung.

Bald schon meldete sich wieder Nachwuchs bei Maria und Alfred. Die Familie bekam ihr drittes Kind, ein Mädchen. Allerdings war die Kleine sehr schwach und begann zu husten. Nun musste Maria, die Tochter des ehemaligen Blockwarts, die Schwester des ehemaligen SSlers, die BDM-Führerin und überzeugte Nationalsozialistin erfahren, wie es sich anfühlte, als Nazi eingestuft und gehasst zu werden: Ihr neugeborenes Baby erkrankte schwer, Medizin war nicht zu bekommen, allein Honig könnte helfen, hoffte sie. Maria versuchte von einem bekannten Bauern ein Glas zu bekommen. Der schaute ihr nicht mal ins Gesicht und sagte kalt: „Den Honig kannst du dir in die Haare schmieren. Von mir kriegst keinen!“, und schimpfte weiter: „Ihr Nazis, jetzt kommt's angekrochen!“ Dann schlug er ihr die Tür vor der Nase zu. Maria war schockiert. Ihre Verzweiflung groß.

„Nie wieder Politik!“ sollte ihr Lebensmotto werden. Egal, welche, nie wieder Politik. Bis zu ihrem Lebensende würde sie nicht verstehen, warum man einer jungen Mutter lebensrettende Hilfe für ihr Kind verweigern konnte, wie man nur so hartherzig reagieren konnte, zumal ihr kleines Mädchen kurz darauf sterben musste. Bis zu ihrem Lebensende wird ihre große Trauer verhindern, darüber nachzudenken und zu begreifen, was sie – als Vertreterin des Nationalsozialismus – bei den Menschen hervorrief. Es wird ihr nicht bewusst werden, dass eine Nazifamilie wie die Weiningers andere Menschen ins Unglück gestürzt hatte, anderen Menschen Leid zugefügt hatte. Sie selbst war sich keiner Schuld bewusst, schließlich wurde sie doch nie zur Täterin! Zumindest nicht direkt. Aber ihre Verwandten wohl. Und alle Weiningers – Maria eingeschlossen, Apollonia ebenso – standen für dieses bestialische Regime Nationalsozialismus. Sie hatten Hitler zugejubelt, sie waren Mitglieder der Partei gewesen, waren Nutznießer, waren Mitläufer.

Die Taten der Nazis, ihre Schuld und Verantwortung, waren für Apollonia keine großen Themen. Sollte ihre Familie Schuld auf sich geladen haben? Ach was. Ihrer Mutter, die für ihre Mutterschaft das Mutterkreuz in Silber erhalten hatte, die artig mit „Heil Hitler" gegrüßt, den Nationalsozialismus gelobt und weggehört hatte, wenn es kritische Stimmen gab, weil sie es einfach nicht wahrhaben wollte, dass ihr Sohn und ihr Mann in ihrer Pflichterfüllung falsch handeln könnten, Mama könne niemand etwas vorwerfen! Ach woher. Hat man einfach gemacht. Haben alle gemacht. Nicht in alten Dingen rühren. Nicht zu viel grübeln. Apollonia wusste, dass ihr Bruder mächtig gewesen war. Gestapo war ein aufgeladenes Wort, SS ebenso und Lublin – mit seinem Konzentrationslager Majdanek – auch. Sie erwähnte es einfach nie – zu wem auch? Wozu auch? Darüber nicht reden, wurde einmal mehr zum Leitmotto der Weiningers. Darüber nicht nachdenken, ergab sich dann von selbst. Die Familie wird noch oft über Politik sprechen, auch wenn Maria dann in Schweigen verfallen wird und sie werden sich einig sein, dass damals nicht alles schlecht gewesen war. Was genau damals war, darüber werden sie schweigen.

Apollonias Schwangerschaft gedieh. Die Übelkeit war nun endlich vorbei, nur hin und wieder schmerzten ihre Glieder, ihr Rücken, ihr Bauch. Ihre Mutter sorgte sich um sie und behütete sie, als wäre sie noch ein kleines Mädchen. Für Apollonia nicht der Rede wert. Selbstverständlich. Im Leid würde sie nicht alleine sein, so viel stand fest. Da gab es eine aufopfernde Mutter, die immer für sie da war und nach ihrer Pfeife tanzte. Apollonia nahm es selbstverständlich – nicht einmal zur Kenntnis. Würde auch Marcel für sie da sein? Er hatte sich noch immer nicht gemeldet. Ihre Sorge wuchs, aber sie wollte die Hoffnung nicht aufgeben, ihre Welt könnte wieder in Ordnung kommen, heil werden!

Für Walter war sie es. Er genoss den freien Sommer, so wenig Schule gab's noch nie! Er interessierte sich für die Wägen und Panzer der

Amerikaner, nahm gerne Schokolade oder Kaugummi entgegen und spielte den Krieg mit seinen Freunden nach – Oberderfl gegen Unterderfl – so hießen die rivalisierenden Banden. Walter war sorglos und frei.

Apollonia nicht. Ihr fehlte Marcel zum Glück. Franz auch nicht. Seine Welt war auseinandergebrochen. Was würde nun aus ihm werden? Zukunftsängste beherrschten ihn. Seine Familie siedelte von der Rieder Wohnung, aus der sie unverzüglich ausziehen mussten, in sein altes Elternhaus in die Kleinstadt. Für ihn hatte die Gerichtsbarkeit der Nachkriegszeit andere Pläne.

Frau Thiele war nach Berlin zurückgereist. Niemand weinte ihr nach. Ihr Zimmer wurde kurz darauf Flüchtlingen aus Ungarn zur Verfügung gestellt. Alle Häuser der Kleinstadt mussten Flüchtlinge aufnehmen, sämtliche Baracken, alle Wirtshäuser und Schulen wurden schon während des Krieges als Unterkünfte verwendet. Man rückte zusammen. In den Häusern, in der Stadt. Walter freute sich über den Zuzug, hatte er doch nun Spielkameraden im Haus. Seine Nichte Rosa war um zwei Jahre älter als er, sein Neffe Karl Heinz um zwei Jahre jünger. Perfekt für den Neunjährigen!

Unmittelbar nach Kriegsende wurde Franz in das amerikanische Internierungslager Glasenbach nach Salzburg zur Entnazifizierung eingewiesen. Nun wurde die Familie unruhig. Empört und besorgt verurteilte man diese Schmach! Er habe ja nur seine Pflicht getan, nur Befehle ausgeführt, bekräftigten sie ihre Argumentation. Man könne doch nicht einfach den Dienst verweigern oder gar desertieren. Das wäre Verrat am Vaterland. Wo kämen wir denn da hin?! Franz – der Mann vom SS Sicherheitsdienst, Mitarbeiter der Gestapo, SS Mann in Lublin, Bewohner eines arisierten Hauses und Leiter der Außenstelle Pulawy, Franz Ahetner, sollte zwei Jahre in Haft bleiben. Als im Jahr 1947 seine Frau sterben wird und er in die Kleinstadt zum Begräbnis reisen möchte, wird ihm dies von der Lagerleitung Glasenbach untersagt werden. Seine Trauer wird sich mit Zorn mischen und er wird die Welt als ungerecht beschimpfen. Franz wird in Glasenbach den ehemaligen SS-Sturmbannführer Walter Reder kennen und verehren lernen und er wird ihm später jahrelang Päckchen nach Gaeta in Italien schicken, wo Reder wegen seiner grausamen Massaker inhaftiert sein wird. Franz wird in Glasenbach Gesinnungsgenossen antreffen, mit denen er die VDU – den Verband der Unabhängigen oder auch der frustrierten Altnazis – ausdenken, ausmalen, gründen und schließlich auch in seine Region bringen würde. Und er wird auch Apollonia anstecken mitzuarbeiten und diese interessanten Leute treffen zu wollen. Apollonia selbst wäre ja eine überzeugende Frau, wird er diesen Schritt einmal mehr begründen. Und – Franz wird seine Angst, für seine Taten zur Verantwortung gezogen zu werden, nie ablegen. Kurze Zeit nach Glasenbach wird er wieder vor Gericht stehen und sich wegen Falschaussagen verantworten müssen. Dass er nur „Bewerber zur SS" gewesen sei, wird man ihm nicht glauben. Ein Zeuge wird aussagen, Franz Ahetner habe ihn im Sicherheitsdienst verhört – als SS-Mann. Als Oberscharführer. Dem nunmehrigen Zeugen und einstigen Angeklagten wurde – welch zynische Ironie des Schicksals – eine Liebesbeziehung zu einer Zwangsarbeiterin angelastet. Nach einem erniedrigenden Verhör, in welchem der Mann genötigt wurde auszusagen und so eine angeblich milde Strafe zu bekommen, habe ihn Franz in das Konzentrationslager Mauthausen überstellen lassen. So die Zeugenaussage. Dafür wird Franz ein weiteres Mal inhaftiert werden, in das Gefangenenhaus Linz.

Doch die Gesellschaft, der Wiederaufbau und die jungen Parteien werden die Menschen brauchen. Ob Nazi oder nicht. Ihre Kompetenz, ihre Stimme bei den folgenden Wahlen, ihre Arbeit wird den sogenannten Belasteten, den Nationalsozialisten von einst, verhelfen ihre Vergangenheit loszuwerden. Von diesen Lockerungen gegenüber den Nazis wird auch Franz profitieren und nach kurzer Zeit wird er wieder aus der Haft entlassen werden. Wenn er in den 60er Jahren noch einmal durch das Simon-Wiesenthal-Institut befragt werden wird und er voller Sorge und Furcht nach Linz fahren wird, wird er hoffen, sie würden ihm nichts nachweisen können. Was sie tatsächlich nicht tun. Sein Schweigen und die Vernichtung belastender Dokumente werden Franz zur angeblichen Freiheit verholfen haben. Dennoch wird er – um seine Vergangenheit wissend – sein Leben lang nie wieder frei sein.

Aus dem ersten Friedenssommer wurde langsam Herbst. Marcel blieb verschwunden. Apollonia suchte verzweifelt weiter. Sie sprach ihre Freundinnen an, ob sie von ihm gehört hätten. Sie befragte die Wirtin des benachbarten Gasthofes, in welchem sie Marcel das erste Mal getroffen hatte.
„Der ist doch schon länger weg!“, erzählte diese: „Den haben’s schon im April weggebracht.“
„Wohin?“, fragte Apollonia ängstlich. Es war ihr egal, was die Wirtin über sie denken würde. Sie würde wohl eins und eins zusammenzählen können. Schließlich war das Schwangerschaftsbäuchlein nicht mehr zu verheimlichen. Außerdem klangen den Kleinstädtern all die Gerüchte um die fesche Apollonia noch in den Ohren. Die Wirtin war beinahe mitleidig, als sie antwortete:
„Nein, Apollonia, das haben sie uns nicht gesagt. Leider, das weiß ich nicht.“

Er sprach doch von Liebe für immer! Apollonia wurde immer verzweifelter. War er tot, hatte er sie einfach sitzen lassen? Er wusste doch, dass wir ein Kind bekommen! Martha tröstete sie und schlug vor, bei der amerikanischen Militärregierung nachzufragen. „Die müssten doch über alle Gefangenen der Deutschen Bescheid wissen!“ Also machte sie sich auf den Weg zum Stützpunkt. Martha begleitete sie. Beide konnten nur ein paar Worte Englisch, aber sie würden sich schon verständlich machen können.

„Hello Ladies, what can I do for you?“, wurden sie freundlich begrüßt, nachdem sie in das erstbeste Büro eingetreten waren. „Look for Marcel Brinoult“, stammelte Apollonia: „A French prisoner.“ Der Amerikaner nickte, forderte sie auf, seinen Namen auf ein Blatt Papier zu schreiben und verschwand im Nebenraum. Dort hörte sie ihn mit einem Kollegen sprechen. Nach einer kurzen Pause, kam er wieder mit einem Akt:
„Marcel Brinoult – he went back to France on May, 21st this year.”
Apollonia starrte ihn an. „Sorry“, fügte er noch mitfühlend hinzu.

Apollonia war wie vom Donner gerührt. Martha hatte bereits so etwas befürchtet. Aber ausgerechnet an Apollonias Geburtstag, das war eine boshafte Laune des Schicksals … Apollonia sprach kein Wort mehr. Wie betäubt ging sie heim, ließ Martha einfach stehen, ließ sich weder von den Kindern ablenken, die ihr Kastanien schenken wollten, noch von ihrer Mutter, die sie besorgt fragte, was denn los sei. Apollonia schloss die Tür ihres Zimmers von innen, setzte sich auf das Bett und starrte vor sich hin. Als die Zurufe aufdringlicher wurden, schloss sie ab.

Martha erzählte Frau Weininger was vorgefallen war und ergänzte: „Freundinnen haben erzählt, sie hätten erfahren, dass er Frau und Kind in Marseille habe …" Mutter und Freundin seufzten und versuchten noch einmal mit Apollonia zu sprechen. Sie blieb stumm. Sie blieb stumm für den Rest des Tages und auch die folgenden. Sie aß spärlich, rauchte, obwohl sie schwanger war, weinte nicht, lachte nicht, ging nicht mehr zur Arbeit. Der neue Chef der neuenalten Handelskammer nahm ihren Krankenstand zur Kenntnis und wünschte baldige Genesung, nachdem Frau Weininger ihre Tochter entschuldigt hatte.

1962

Endlich bekommen wir ein Kind. Walter und seine Frau. Walters erstes Kind. Na ja nicht ganz. Sein erstes Kind konnte ich niemals sehen. Es blieb bei seiner Ex. Egal. Jetzt ist ein Kind unterwegs. Ein Kind der Familie. Na ja nicht ganz. Seine Frau hat auch eines mitgebracht. Ein Mädchen. Egal. Jetzt kommt ein Kind. Ein Kind unserer Familie. Jetzt bekommen wir ein Kind!

17 wären sie heute. Halbwüchsig. Vielleicht schon im Flüggewerden. Vielleicht. Vielleicht aber auch noch gern daheim bei mir, in meinem wunderbaren neuen Haus! Musikalisch vielleicht oder überhaupt musisch begabt, auch Theater- und Film-interessiert. Oder aber mit Liebe zum Lesen, zur Literatur oder mehr Vorlieben für Biologie oder Erdkunde? Lustig vielleicht. Stimmungsmacher. Oder still und nachdenklich. Vielleicht hochbegabt. Fesch sicher. Und humorvoll sicher auch … Ach was träum ich! Nachwuchs! Bald! Walter! Walter und sie bekommen ein Kind.

Mein Kind.

Mein erster Besuch im Krankenhaus. Das kleine Mädchen wird uns gezeigt. Sie weint. Gott ist sie süß! So lieb ist mein Baby. Ei ei, mein kleines Baby. Meine Kleine. Mein Kind.

Wie gerne würde ich dich ganz zu mir holen … Wie gern würde ich dir Mutter sein. Aber Tante bin ich. Nur Tante. Zumindest Tante. Du wirst oft bei mir sein. Walter hat es versprochen. Die müssen viel arbeiten und ich habe viel Zeit. So kommst du zu mir und wir beide werden zusammenwachsen. Wir werden eins werden. Und ich kann endlich glücklich werden! Werden? Kind, ich bin glücklich! Du machst mich glücklich! Du bist Mein. Walter hat es versprochen, er hat dich mir versprochen. Mein Ein und Alles. Bald werde ich dich in meinen Armen halten. Nur noch ein paar Tage …

1945: Vor der gläsernen Tür

Apollonias Schwangerschaft schritt fort und ihr Bauch wuchs und wuchs. „Du bist aber dick geworden!“, rief Walter eines Nachmittags erstaunt, als er ihren ganzen Umfang betrachtete. „Das vergeht schon wieder.“, antwortete sie kurz.

Anfang Oktober spürte sie erstmals Wehen. Mitten in der Nacht rief sie ihre Mutter. Diese versuchte sie zu beruhigen: „Das werden Senkwehen sein. Das Kind dreht sich jetzt nach unten.“, erklärte sie. Apollonia wartete ab und versuchte zu schlafen. Da riss ein unbändiger Schmerz sie aus ihrem Schlummer. Sie schrie und krallte sich am Bettgestell fest. Mutter eilte herein. „Es wird doch nicht schon losgehen!“, rief sie. Nach ein paar weiteren Wehen – eine stärker als die andere – rief sie die Rettung.

Die Geburt sollte noch 23 Stunden dauern – bis das Kind endlich da war. Es war ein Junge. Er war sehr klein und schien sehr schwach. Auch Apollonia war schwach. Die Geburt hatte sie unglaublich mitgenommen. Doch endlich war er da! Sie breitete ihre Arme aus um ihn aufzunehmen, ihn anzusehen. Da erfasste sie eine weitere Wehe. „Nachwehen?“, fragte die Krankenschwester die Hebamme. Nun ging alles sehr schnell. Noch zwei Presswehen und ein zweites Kind war geboren. Zwillinge. „Sie haben zwei Buben bekommen!“, rief die Krankenschwester. Die Hebamme hatte alle Hände voll zu tun, das zweite Baby zum Schreien zu animieren. Es war schon blau, bis es endlich den ersehnten Luftzug nahm – und lebte! Während die Kinder versorgt wurden, wechselten Hebamme und Krankenschwester einen vielsagenden Blick: „Holen Sie den Primar. Rasch!“, befahl die Hebamme und die Krankenschwester eilte hinaus um sogleich mit dem Arzt zurückzukommen. Der untersuchte die Buben und befahl: „Sofort Infusionen vorbereiten. Zuckerwasser. Beide. Ab auf die Wachstation!“
Apollonia wusste nicht wie ihr geschah.

„Was ist los?“, fragte sie: „Sind es Zwillinge geworden. Wo sind meine Buben?!“ „Was ist mit ihnen?“ „Geben Sie mir meine Buben!“

Niemand beachtete sie. Alle waren damit beschäftigt, die Kinder zu versorgen. Schnell brachten sie die Neugeborenen hinaus. Apollonia war allein. Ganz allein. Nun war auch keine Mutter bei ihr. Und kein Mann. Es wurden die grausamsten Stunden ihres bisherigen Lebens. Auch der Besuch einer anderen Krankenschwester, die sie reinigte und in ein anderes Zimmer verfrachtete, konnte sie in ihrer Angst, ihrer Hilflosigkeit nicht beruhigen. „Die werden schon das Richtige tun.“, murmelte sie und war weg. Apollonia blieb im Krankenzimmer. Andere Mütter waren auch da. Die einen lagen noch in den Wehen. Andere hatten bereits entbunden. Stunden vergingen. Die Unklarheit wurde unerträglich.

Endlich. Endlich kam der Arzt herein, trat zu ihr ans Bett und sagte: „Frau Weininger, ihre Zwillinge sind sehr schwach. Sie müssen wahrscheinlich beatmet und künstlich ernährt werden … Wird schon werden.“ Sprach’s und wandte sich der nächsten Patientin zu.
„Werden sie überleben?“, fragte sie ihm hinterher.
„Wenn sie stark genug sind …“

Apollonia schluchzte und schrie. Die Patientinnen wurden unruhig. Sie versuchten sie zu beruhigen, ohne Erfolg. Die Krankenschwester kam herein und sagte schroff:
„Reißen Sie sich zusammen. Seien’s doch froh, dass man sich umschaut!“ Dann raunte sie ihrer Kollegin mit leiser Stimme zu:
„Vor kurzem hätte man ihnen den Gnadentod geben.“
„Was hätte man?“, schrie Apollonia. „Bringt ihr meine Kinder um? Sie bringen meine Kinder um!“, rief sie nun verzweifelt und wollte das Bett verlassen. Mit Müh und Not drückten die Schwestern sie wieder ins Bett:
„Na na beruhigen Sie sich. Hier nehmen’s a Pulver. Dann geht’s Ihnen wieder besser. Ihre Kinder werden versorgt. Und jetzt beru-

higen Sie sich endlich!", sagte sie strenger und lauter werdend und flößte der tobenden Mutter eine Tablette ein.

Nach einem traumlosen Schlaf erwachte Apollonia in einem Einzelzimmer. Sie war allein. Langsam drangen die Ereignisse des Vortages wieder in ihr Bewusstsein. Zwillinge! Zwei Buben. Lebensschwach. Weg! Sie läutete der Schwester:
„Wo sind meine Kinder?!", rief sie.
„Jetzt beruhigen wir uns erst einmal und wenn's dann brav sind, rufen wir den Doktor."
Apollonia war dieses Gerede zuwider, sie schrie: „Sofort will ich wissen, was los ist, sofort!"

Die Schwester erschrak und eilte aus dem Zimmer. Nach einigen Minuten erschien der Arzt und schaute sie mitleidig an:
„Was wollen Sie. Wir arbeiten hier. Wir können uns nicht um jede hysterische Mutter kümmern!", schimpfte er.
Apollonia riss sich zusammen und fragte möglichst beherrscht:
„Was ist mit meinen Buben? Bitte sagen Sie es mir. Bitte!", flehte sie jetzt.
„Das ist eine angeborene Lebensschwäche. Zwillinge. Wissen Sie, die nehmen sich gegenseitig die Nahrung, den Platz, alles … Wer weiß, vielleicht überlebt einer. Aber versprechen kann ich natürlich nichts. Vielleicht schafft's auch keiner …"
„Wo sind sie? Darf ich sie sehen?", fragte Apollonia hoffnungsvoll. „Ich will sie in den Arm nehmen!" Die Einschätzung des Arztes war ihr eigentlich egal, sie wollte sie einfach nur sehen und im Arm halten.
„Die Schwester wird sie Ihnen bringen, wenn's soweit ist.", sagte er und verließ das Zimmer. Apollonia war wieder allein mit ihrer Sehnsucht, ihren Sorgen, ihrer Angst und ihrer Einsamkeit.

Der Vormittag ging vorüber, der Mittag. Apollonia hatte keinen Appetit. Jede Person, die ins Zimmer kam, wurde angehalten und nach dem Wohl ihrer Zwillinge befragt. Doch alle hoben unwissend ihre Schultern. Der Nachmittag ging vorüber. Die Eltern besuchten sie und die schwangere Maria auch. Sie waren erschüttert. „Können wir die Buben sehen?", fragte Maria. Da brach Apollonia in Tränen aus.

Am Abend kam die Schwester und fragte sie, ob sie denn aufstehen könne, dann könne sie mit auf die Wachstation und ihre Kinder anschauen. Apollonia rappelte sich hoch und folgte der Schwester in die Station. Dort durfte sie von außen durch die Glastür ihre kleinen Babys betrachten. Sie schienen in den weißen Laken zu verschwinden. „Lasst mich zu ihnen!", flehte sie die Schwester an. Diese schüttelte nur den Kopf und verschwand. Da lagen sie. Eingehüllt in enge Wickelpolster, ihre Köpfchen so klein, ihre Näschen, ihre Münder. Die Augen waren geschlossen. Sie schliefen.
„Geht es ihnen gut?" Apollonia packte eine vorübereilende Schwester am Arm. „Geht es ihnen gut?"
„In Gottes Namen", antwortete sie und machte das Kreuzzeichen. Apollonia stand vor der Glastür, sie betete ein Vater unser, ein Gegrüßet seist du Maria, sie summte das Marienlied: Oh Maria hilf … Ihre Knie zitterten, der Unterleib schmerzte, als würde er auseinanderreißen. Sie stand und betete, sang und zitterte. Stundenlang. Einer rührte sich. Apollonia erstarrte. Nun wurde auch der andere unruhig. Sie wimmerten ein bisschen. Apollonia sang weiter in ihrer schönsten Stimme. Nun sang sie lauter, vielleicht, so hoffte sie, konnten sie sie hören und sich an ihre Stimme erinnern. Vielleicht beruhigte sie das. Also sang sie. Nach dem Marienlied sang sie noch die Lieder aus der Schubert-Messe in C-Dur, die sie im Kirchenchor gelernt hatte, und alle Kirchenlieder, die ihr einfielen. Die Schwestern und Ärzte, die Patienten und Putzfrauen wurden still und lauschten. „Wunderschön!", flüsterten sie sich zu. Die Schwester von vorhin brachte ihr zwischendurch einen Sessel und Apollonia sang und sang. Ihre Söhne waren längst eingeschlafen. Sie sang noch immer. Leiser, aber sie sang bis sie todmüde war.

In der Nacht drückte die junge Mutter Milch aus ihren Brüsten und reichte der Schwester das Glas. „Bitte bitte geben sie es ihnen, bitte!" Die Schwester befragte den Arzt, der meinte, man könne es ja versuchen. Sie selbst hätten wohl zu wenig Milchersatz im Hause – in Zeiten wie diesen wäre die Versorgung der Krankenhäuser sehr schlecht. Und bei Frau Weiningers kleinen Knaben würde ihr kärglicher Vorrat wohl nicht sinnvoll eingesetzt sein. Jeder müsse schauen, wo er bliebe … Also wechselte Apollonia von ihrem Zimmer, in dem sie Milch abdrückte, zur Wachstation, hinter deren Tür sie ihre Kinder besang.

Auch am nächsten Morgen begab sie sich zu ihren beiden Kindern und sang bis die Schwester sie zur Untersuchung holte. Und auch danach ging sie wieder zur gläsernen Tür, um ihre Söhne zu besingen, die dahinter in ihren Bettchen lagen. Und wieder und wieder. Milch abdrücken. Singen. So verstrich die erste Woche. Die Kleinen atmeten, wimmerten, bekamen etwas von Apollonias Muttermilch auf die Lippen, wollten aber nicht so recht trinken. Ihre Mutter war bei ihnen hinter der verschlossenen Glastür und sang. Die Schwestern und Ärzte duldeten ihr ungewöhnliches Verhalten und bewunderten still ihren Gesang. Nach einer Woche meinte der Arzt, sie dürfe nun nach Hause gehen.
„Und meine Kinder?"
„Die bleiben hier."

Nun wanderte Apollonia täglich in das Krankenhaus um ihre Kinder zu besuchen, ihnen ihre Milch zu bringen und für sie zu singen. Es war das Einzige, was sie für ihre Babys tun durfte. Noch immer legte man sie ihr nicht in die Arme. „Zu gefährlich!", behauptete man. Sie könnten sich mit Keimen anstecken …

Nach einem Monat wurde der Zustand der Neugeborenen immer kritischer. Der Arzt wartete ab bis Apollonia wieder vor der Glastür saß und holte sie zu einem Gespräch.

„Sind Sie katholisch?“, fragte er ohne Umschweife.
„Ja“
„Dann wäre es nun an der Zeit die Kinder taufen zu lassen.“
„Warum jetzt?“
„Ihr Zustand wird immer kritischer. Wir werden sie in das Kinderkrankenhaus Riesenhof nach Bad Schallerbach verlegen müssen. Dort kann man ihnen besser helfen.“
„Wann?“
„Morgen.“

Apollonia eilte zu ihrer Schwester in die Stadt. Maria war zuhause.
„Dass du einmal kommst …“
„Wirst du Taufpatin meiner Kinder?“, fragte sie.
Maria freute sich: „Ich dachte schon du wirst mich nie fragen!“
Dann brach Apollonia in Tränen aus und erzählte ihr, wie schlecht es um die beiden stünde. Maria, die selbst wieder guter Hoffnung zu ihrem dritten Kind war, weinte mit und die beiden fielen sich um den Hals. Am nächsten Morgen kam der Rest der Familie Weininger ins Krankenhaus und feierte Taufe: Walter, Vater und Mutter, Ilse mit ihren beiden Kindern Rosa und Karl Heinz, Alfred und Maria mit Siegfried und Theresia. Nur Franz fehlte – er war in Glasenbach inhaftiert. Nun standen sie vor der großen Glastür und beobachteten, wie der Pfarrer das geweihte Wasser den beiden über den Kopf ergoss. Sie wurden getauft auf die Namen Marcel Eugen und René Paul. Anschließend luden Maria und Alfred zu sich ins Stadtzentrum ein. Die Gäste tranken Tee und Malzkaffee und verspeisten einen Germstrutzen, den Maria vorbereitet hatte. Die Kinder fielen voll Freude über diesen Leckerbissen her, um gleich darauf spielen zu gehen. In der Sattlerei fand man schließlich die besten Verstecke. Über den Erwachsenen breitete sich eine düstere Stimmung aus. Werden Apollonias Kinder jemals mitspielen können? Und wenn sie überleben, würden sie gesund sein? Apollonia half ihrer Schwester beim Abräumen und sah sie freundlich an: „Danke!“ Vater beobachtete die beiden und nickte seiner Frau zu: „Die scheinen sich endlich besser

zu verstehen!", flüsterte er: „Leid schweißt zusammen." Dass dieser Satz auch für Maria grausame Wirklichkeit werden würde, wussten sie damals noch nicht.

Die folgenden Wochen verbrachte Apollonia entweder im Krankenhaus oder unterwegs dorthin. Zum Glück gab es eine gute Zugverbindung in den Nachbarort, sodass sie viel Zeit bei den Zwillingen verbringen konnte. In der Außenstelle des Kinderkrankenhauses Riesenhof im benachbarten Kurort, legte man die Säuglinge in Brutkästen. Nun wurden sie künstlich ernährt und noch immer nicht durften sie in die Arme der Mutter gelegt werden. Apollonias Milchfluss versiegte. Das machte ihr Angst, doch der Primar des Kinderkrankenhauses meinte, die Zwillinge würden die Behandlung gut annehmen. Die Vitalitätswerte würden steigen. Apollonia schöpfte Hoffnung. Wieder sang sie ihre Lieder vor der Glastür. Wieder brachte man ihr einen Stuhl. Wieder steckten die Schwestern und Ärzte ihre Köpfe zusammen und tuschelten über diese wunderliche Frau mit der samtigen Stimme und bewunderten ihren Gesang. Einmal kam ihr auch die Forelle in den Sinn. Während sie sang, dachte sie an den Abend mit Max vor mehr als elf Jahren und wie viel seither geschehen war. „Ich bin nicht mehr die Gleiche. Mein Traum von der Bühne, ach je … Jetzt ist hier meine Bühne. Und ihr seid mein Publikum …", dachte sie zärtlich. „Werdet gesund!", redete sie innerlich auf sie ein: „Bitte! Marcel und René, bitte werdet gesund!"

Zuhause war man erstaunt über Apollonias Verwandlung. Die Bitterkeit der letzten Tage ihrer Schwangerschaft, nachdem sie von der Abreise ihres französischen Liebhabers erfahren hatte, war großer Hingabe und Einsatzbereitschaft für ihre beiden Kinder gewichen. Sie machte sich jeden Morgen auf den Weg und kam erst am späten Nachmittag wieder heim. Zuhause aß sie ihr Abendessen und hielt ihre Familie über die Entwicklungen am laufenden. Voll Freude erzählte sie über die guten Eindrücke des Primars. „In Gottes Namen", seufzte ihre Mutter und ihr Vater wiederholte: „In Gottes

Namen!“ Apollonia beklagte ihre Belastung mit keinem Wort, sie jammerte auch nicht über Bauchschmerzen und sie gab keine spitzen Bemerkungen gegenüber Maria von sich. Apollonias Denken kreiste einzig um ihre Kinder, für die sie so wenig tun konnte. Sie hatte sich das Singen für sie ausgedacht und hoffte so sehr, dass es ihnen helfen würde. Sie wusste es nicht. Aber sie fühlte es. So konnte sie ihnen nahe sein. Und ihr selbst tat das Singen gut. Es beruhigte sie. Apollonia wünschte sich bloß eines, ihre Kinder nur bald in ihre Arme nehmen zu dürfen!

In den langen Nächten dieses Herbstes fühlte sie schreckliche Bilder in sich aufsteigen. Sie sah sich wieder am Tisch der Huaberin liegen, sah wie sie selbst ihr die Beine öffnete, um ihre Kinder töten zu lassen. Sie erinnerte sich schaudernd. „Hatte der Versuch, meine Kinder abzustoßen, abzutreiben, zu töten, hatte der Mordversuch sie geschwächt, sie krank gemacht?“, klagte sie sich an und verschonte sich nicht. Wie ein schreckliches Monster griffen diese Gedanken nach ihr und ließen sie nicht schlafen. Und wenn sie endlich doch eingedöst war, träumte sie wieder den entsetzlichen Traum vom „Erlkönig“:

> *Langgliedrige verknorpelte Finger wachsen von Weidenbäumen auf sie zu. Auf sie, die endlich ihre Babys im Arm halten darf. Sie hört die säuselnden Stimmen: ‚Willst feiner Knabe du mit mir gehen?' Die Finger kommen näher, sie greifen nach ihrer wertvollen Fracht …*

Als Apollonia erwachte, war sie schweißgebadet. Sie brauchte einige Zeit um zu begreifen, dass es ein schrecklicher Traum war, weiter nichts. Ein schrecklicher Traum … Dann fiel ihr ein, dass sie schon einmal ähnlich geträumt hatte: Mit der Drohung ‚Und bist du nicht willig, so brauch ich Gewalt!', ließ sie schon damals der „Erlkönig“ erzittern. Das war vor ein paar Monaten, bevor sie sich zum Schwangerschaftsabbruch entschlossen hatte. Diesmal wollte Apollonia ihm keine Chance geben. Diesmal würde sie um ihre Kinder kämpfen, wie sie noch nie im Leben um etwas gekämpft hatte. Diesmal würde sie ihre Kinder vor den verführerischen Stimmen des Todes beschützen. Diesmal würde sie dagegenhalten und niemals zulassen, dass der „Erlkönig" nach ihnen greife. Diesmal nicht!

So verging der November. Der Gesundheitszustand der Säuglinge blieb zwar stabil, aber leider verblasste der erste Hoffnungsschimmer, den der Primar vermittelt hatte. Die Vitalitätswerte stiegen nicht mehr. Die Schwestern hatten alle Mühe, die Kinder am Leben zu halten. Manchmal kam auch Maria in das Krankenhaus, um Apollonia und ihre Patenkinder zu besuchen. Apollonia strahlte vor Zuversicht und sprach von der rosigen Hautfarbe, sie glaubte bereits ein erstes Lächeln zu erkennen, sie freute sich über jede Regung der Kleinen und war sich sicher, dass sie schon gewachsen wären. Maria versuchte sich mitzufreuen, doch ein Blick in die Gesichter der Schwestern machte ihr klar, dass es schlecht um die Zwillinge stand. Apollonia kam jeden Tag und setzte ihr Ritual fort. Sie wanderte vor der Glastür auf und ab, setzte sich, wenn sie müde wurde, stand wieder auf und betrachtete ihre Liebsten – und sang und sang. Das Krankenhauspersonal hatte bereits einen Namen für sie: die Nachtigall. Sie lächelte darüber. Manchmal blieben sie stehen, um zu lauschen und sie zu beobachten. Es war ein traurig schöner Anblick. Die hoffende singende Mutter vor der Glastür, hinter der ihre Babys um ihr Leben rangen und einen immer aussichtsloseren Kampf kämpften.

Der Winter kam. Bald war Weihnachten. Das erste Nachkriegsweihnachten. In der Kleinstadt, die zum Glück keine nennenswerten Bombenschäden zu verzeichnen hatte – nur die Eisenbahnbrücke war zerstört worden –, wurden die Auslagen der Geschäfte mit Tannenzweigen und Strohsternen geschmückt. Schnee zauberte friedliche Stimmung in die Gassen. Das Chaos der ersten Wochen nach dem Krieg hatte sich gelegt. Die Flüchtlingsströme hatten abgenommen. Jene Flüchtlinge, die in der Kleinstadt geblieben waren, hatten halbwegs gute Quartiere erhalten und wurden in die Bewirtschaftung aufgenommen. Hunger musste niemand mehr leiden. Dennoch herrschte in vielen Häusern weiterhin Sorge und Angst. Väter, Söhne, Ehemänner waren noch nicht heimgekehrt. Sie waren noch bei keinem Gefangenentransport aus den vier Himmelsrichtungen mit dabei. Besonders jene Familien, deren Angehörige in Russland in Gefangenschaft geraten waren, bangten um sie. Jene, die heimkehren konnten, erzählten abscheuliche Geschichten von Hunger, Auszehrung und brutalen Wächtern.

„Wenn du nur Kartoffelschalen ergattern konntest, warst schon froh", erzählte ein junger Bursch, der sich als blutjunger 17-Jähriger dem Volkssturm anschließen musste und – knapp an seiner Heimat vorbei – in russische Kriegsgefangenschaft geriet. Langsam sickerten auch Berichte von den Zuständen in den Konzentrationslagern durch. Die Menschen erzählten sich mit vorgehaltener Hand von grässlichen Bildern, von Leichenbergen, von Gaskammern und Krematorien. Das Schaudern war schier unerträglich.

Apollonia hatte ihr persönliches Schaudern zu ertragen. Die Alpträume vom „Erlkönig" wurden von Nacht zu Nacht schlimmer:

> *Immer noch hält sie ihre Kinder fest im Arm. Sie möchte voran durch das Dickicht dringen. Aber immer tiefer taucht sie ein in eine graue undurchdringliche Nebelwand, die sich mächtig über sie stülpt und sie und ihre beiden Kinder verschluckt. Sie hört die Stimmen ihrer eigenen Söhne, fühlt ihre Furcht und ihr Grauen: ‚Mutter Mutter, jetzt fasst er uns an!*

Am 22. Dezember 1945 lag nur ein Kind hinter der Glastür, in seinem Bettchen im Brutkasten. Marcel. Sein Bruder René Paul war vor einer knappen Stunde gestorben. Die Schwester versuchte Apollonia zu beruhigen, doch es schien nicht nötig zu sein. Anscheinend unberührt verrichtete Apollonia ihr persönliches Ritual, wie sie es all die Tage getan hatte. Sie sang. Stunde um Stunde. Der Primar erschien um ihr sein Beileid auszusprechen und ihr zu sagen, dass auch für den Zweiten nicht mehr viel Hoffnung bestünde. Apollonia schaute ihn an mit leerem Blick, drehte sich um, winkte ihrem Sohn im Brutkasten zu und machte sich auf den Heimweg.

„Ich habe ihn nicht einmal in meinen Armen gehabt!“, denkt sie, während sie zum Bahnhof geht, in den wartenden Zug einsteigt und am Ziel in der Kleinstadt wieder aussteigt. Sie wiederholt den Gedanken während sie nach Hause geht, während sie an ihren Eltern und der quirligen Kinderschar vorbei, hinauf in ihre Kammer geht. Sie kann nichts anderes denken: „René Paul, ich habe dich nicht einmal im Arm gehabt.“

Am Morgen des folgenden Tages, des 23. Dezembers 1945, riss sie der Ruf ihrer Mutter aus dem traumlosen Schlaf: Sie möge schnell herunterkommen, ein Bote wäre hier! Wie in Trance kleidete sie sich an, schritt die Treppe hinunter und wartete ab. „Ich habe Ihnen etwas zu geben“, sagte ein Mann und hielt ihr eine Schachtel hin. Als sie danach griff, machte er am Absatz kehrt und lief davon. Sie öffnete die Schachtel und schrie auf. Der kleine Marcel Eugen lag darinnen, tot, eingewickelt in weißes Laken und eine Karte der Stationsschwester, die ihr Beileidswünsche aussprach, war beigelegt. Apollonia nahm das Bündel in den Arm. Endlich.

Epilog

Das Begräbnis der Zwillinge fand am Stephanitag des Jahres 1945 statt. Angeblich liegen ihre Leichname im Familiengrab, aber ihre Namen sind nicht am Grabstein vermerkt. Auch in der Gräberchronik der Pfarre scheinen sie nicht auf und im Wissen der Familie existiert nur eine leise Ahnung über ihre letzte Ruhestätte. Friedenszeit und Weihnachten – diese segensreichen und glücklichen Zeiten – bildeten den Hintergrund für die wohl schmerzlichsten Erfahrungen im Leben der jungen Mutter.

Apollonia wird in ihren späteren Jahren weder mit ihren Eltern und Geschwistern, noch mit ihrer Nichte über diese Tragödie und all die anderen Ereignisse dieser neun Jahre sprechen. Sie wird sich darauf beschränken von ihrer großen Liebe zu Max zu erzählen und dass er im Russlandfeldzug gefallen war. Und dass sie gerne gesungen, musiziert und gespielt habe. Alles andere wird sie unter Verschluss halten.

Sie wird auch nicht von einem angeblichen Nachkriegs-Gspusi mit amerikanischen Besatzungssoldaten erzählen, das vielleicht nicht einmal ein Verhältnis war, sondern einer oder mehr harmlose Flirts. Sie wird nicht erwähnen, dass sie von ihren kleinstädtischen Mitbewohnerinnen und Mitbewohnern angeprangert wurde und ihr Name auf einer Liste geschrieben stand mit dem Titel: „Amihuren unserer Stadt". Walter wird sich sein Leben lang daran erinnern, wie er – der damals elf- oder zwölfjährige Junge – von seiner Familie den Auftrag bekam, diese Liste von einer Auslage am Stadtplatz zu entfernen. Er habe es nicht getan, wird er erst Jahrzehnte später eingestehen. Er habe einen Freund getroffen und es nicht gewagt, die Tat zu Ende zu bringen. Er habe sich zu sehr geschämt. Aber er habe beobachtet, wie jemand anderer die Liste herunterriss.

Von ihrer Ehe, die sie 1947 einging und der drei Jahre später erfolgten Scheidung, wird sie ebenfalls nicht sprechen.

Doch über ihr Leben danach wird sie ihre Angehörigen wieder am Laufenden halten: Sie arbeitete als Geschäftsführerin eines Gemischtwarenhandels bei ihrem Onkel in Wels. Dort erwarb sie sich die Befähigung sich selbstständig zu machen und eröffnete in den 50er Jahren einen eigenen Laden in ihrer Heimatstadt. Dieses Projekt dürfte ihr gut gelungen sein, denn unzählige Kleinstädter kamen gerne zu ihr ins Geschäft, kauften ein und hielten einen Plausch mit ihr. Sie war lustig, konnte unterhaltsam erzählen und gut zuhören und war obendrein eine fesche, auf ihre Weise emanzipierte Frau. In den Jahren ihrer Selbstständigkeit erwirtschaftete sie sich ihr eigenes Leben und finanzierte den Bau ihres Eigenheims, in das sie zu Beginn der 60er Jahre einzog. Der Baum, den sie damals in ihren Garten pflanzte, überragt heute die gesamte Siedlung.

Als in den 1980er Jahren der amerikanische Film „Holocaust – Die Geschichte der Familie Weiss“ in Österreich ausgestrahlt wurde und für ein erwachendes Geschichtsbewusstsein sorgte, war sie bereits tot.

DANK

Mein Dank gilt all jenen Menschen, die mich durch Ihre Mithilfe in Archiven und Recherche unterstützt haben, wie besonders Friedrich Humer, Gerhard Schwarz und Gottfried Gansinger. Für ihre Mutmache und ehrliche Kritik bedanke ich mich bei meinen Freunden Toni Stöttinger und Ruth und Klaus Humer vom Theater mOment. Für die Gestaltung des Titelbildes bin ich Wilfried Winkler von neusehland sehr verbunden. Besonders danke ich meinen lieben Verwandten, allen voran Mona und Doris und Roland und Barbara für ihren bestärkenden Zuspruch! Und schließlich sage ich Danke zu meiner lieben Familie, die mich durch dieses Projekt getragen hat.

AUTORIN

Eva Kapsammer, geb. am 31. Mai 1962, wohnhaft in Grieskirchen, OÖ. Sie ist ausgebildete Sonderpädagogin und unterrichtet angehende BehindertenbegleiterInnen. Daneben arbeitet sie als Beraterin in einer Frauenberatungsstelle. Neben vielen Aus- und Weiterbildungen absolvierte sie die Oberösterreichische Journalistenschule und arbeitete einige Jahre als Redakteurin. Sie ist verheiratet, Mutter dreier erwachsener Kinder und Großmutter einer Enkelin.

Nachdem sie als Ghostwriterin zahlreichen Büchern redaktionell auf die Beine geholfen hatte, wagt sie nun ihren ersten eigenen Familienroman.